詩の森文庫

詩と自由
恋と革命

鶴見俊輔
Tsurumi Shunsuke

C11

思潮社

詩と自由

目次

I　詩人論

Ⅱ　詩篇

詩と自由——恋と革命

I——詩人論

詩について

このごろになって、自殺しようと思うことがなくなった。そういう時に、進藤陽子さんが自殺したというしらせをきいて、以前の感情が一時にかえってきた。

理由のない自殺は、たしかにある。理由のない自殺をしそうなところにいる人は、私にとっては、親しい人だ。

進藤さんが、八木さんとつれだって家の会に来たのは、一昨年の春だった。丹後の家内工業のことについて話をした。自分ですじみちをつくって考える人だということが、わかった。きれいな人だと思ったが、それ以上に、なまへんじをしない人だということが、心にのこった。いま話されていること、いま一緒に考えていることの方角に、完全に心がむいている感じがあった。たましいが自分からはなれて、考えられているものと一つになっている。たましいの浮遊状態を感じた。こういう境涯にある人にとって、生と死の壁が、やすやすと越えられるほどの紙ほどもない薄さのものとして感じられる時があるだろう。その時、生死のこちらがわに、何かややこっけいなことをしてでも、とどめておくことができなかったのが、残念だ。

進藤さんがなくなってからしばらくして、この人が黒田三郎の詩集をとくに好んで読んだということを、八木さんからきいた。偶然、黒田三郎氏は、八年ほど前から、時々、詩集を私におくってくれる。友人というほどのつきあいもないが、漠然とした交流がある。今日、黒田氏に、『時代の囚人』という最近の詩集へのお礼の葉書をかき、進藤さんという読者のことをつたえた。詩はこういう人に読まれるために存在するのだと思う。

（「人形通信」四号　一九六六年二月）

「荒地」の視点

『鮎川信夫戦中手記』(思潮社)を、おもしろく読んだ。この本は、時代精神と個人とのかかわりかたについて、いろいろのことを考えさせる。時代精神と個人とのかかわりかたは、今日の問題でもあるので、この戦中手記の二十年後の公開は、現代にたいする一つの提言ともなっている。

鮎川信夫(一九二〇—八六)は、早稲田大学文学部予科の学生仲間十数人と相談し、「荒地」という同人雑誌を出す計画をたてた。一九三八年十一月のことだ。その雑誌は、一九三九年三月に発行され、二年間のうちに六冊出して終った。その後に、かれらの出征があった。鮎川は、一九四二年に召集され、スマトラで軍隊生活をへた後、結核になって日本におくりかえされ、一九四五年の二月から三月にかけて、福井県三方郡の傷痍軍人療養所で、この手記を書いた。

「荒地」という同人雑誌の題は、T・S・エリオットの詩からとられており、初期エリオットの属していた「失われた世代」の心境につらなっていた。戦争のまっただなかにあって、この青年たちは、祖国を失っていた。

アジアの各地にちらばって軍務に服しながら、かれらは手紙をかわす。

ビルマの友人から――「かつての生活を今はどのように判断し、どのように新らしくとらえた世界を容認しているのだろうか?」

スマトラの鮎川からの答。「僕はすこしもかわらない。かつてあったもの、かつて僕の讃美した一切のものは、今もかわらず讃美しているものの一切である。」

軍隊の体験は、軍隊に入るまでに鮎川をとらえていた思想を、確信にかえた。学生のころには現在の政府の政策を正当化するための道具となった歴史学にたいして、鮎川は、反撃をくわえるというほどの積極的な態度をもち得ず、口ごもりがちだった。

「私はまったく別の〝荒地〟的な信念をいだいていたが、そうした信念を表明するためには何か経験において欠くるものがあるように感じていた。」

しかし、戦場から帰ってきた兵士として、鮎川は、今では、もともと抱いていた思想を、情熱をもって生きるところまで来た。

「戦場の喧騒の中から襟がみをつかんで引起されるような明察によって再び〝荒地〟への

関心が昂まってから、私の歴史に対する考え方もっと不変に近いもの、真摯なものとなってきたわけである。私が臆面もなく自己を主張することによって〝荒地〟の性質はいよいよ明白となり、その光輝と種子との接受者たちへの共感となって表われてくるのは、何という喜ばしいことであろう。私は〝荒地〟にTが居なかった場合、或はFが居なかった場合、何を失ったであろうか、TやFが我々に不死なる〝荒地〟のなかに於て示したものは何であったかを、まざまざと今こそ感得することが出来る気がする。〝荒地〟がなかった場合一番危殆に瀕するのは自己の精神史なのである。嘗て〝荒地〟に於てあったもの、生きていたところのものは何ものも我々から失われてはならない。故意に忘佚したり、事実を歪めたりする時に我々は〝荒地〟そのものを危殆に瀕せしめ、当然人間性そのものを損なうことになる。〝荒地〟は我々が今後も新らしい精神によって燃え新たなる精力によっておし進められなければならぬ確実なるものである。それ以外に我々の根底とする思想もなければ抽象的思弁による普遍的倫理や人間主義の観念的理論も存在しないということを知っている。肉体化されてこそはじめて不死なる魂も本質的なるものも歴史の顔を持つのである。時間は常に具体的な形態に顕現することに於て真の意味を獲得するのであり、人間化されない変化などというものはあり得ない。人間のものとなってはじめて現象界は汲み尽し得ざる〝興味〟の対象となり、歴史の計り知られざる価値の存するところとなる。」

ここに鮎川の言う歴史観は、もうすこし先で次のように解きあかされる。

「「荒地」は我々にとって最もはっきりした経験的事実の集まりとして確実に把握し、細部についてもその「事件」の核心について繊細に感じとることのできる特殊な社会史であるとも言えよう。

個人の数が大になるに従い、肉体的にも精神的にも個人的特性は次第に失われてゆき、社会の存在と一定持続とに依存している一般的性質や事実が愈々明白になってゆく。個人よりもあらゆる個人によって統合せられている社会への関心によって歪められた虚弱な批判精神に対しては〝荒地〟は実に社会と個人との間にある例外的な段階を示すものである。個人のいない社会があり得ないように、君や私のいない〝荒地〟はあり得ないし、社会がまた多くの〝荒地〟的なものに支えられていることも疑うべからざることである。」

それは、個別的な事実を何一つ切りおとすことなくとらえようとする歴史観、その時代に生きるひとりひとりがまさにその人として生きつつ時代をつくりだす様相をとらえようとする歴史観、過ぎさった時代を現在あたうかぎりの力をつくして再構成し、その意味をとらえようとする歴史観である。

この歴史観が、過去の事実を現在の国策にあわせてつくりなおす戦争中の日本の皇国歴史観とあいいれないことは言うまでもない。この歴史観は、個人と社会とのつながりを見失った戦後の進歩的歴史観ともあいいれない。

戦争中に、軍国主義思想から自分をたちきった鮎川は、戦後の平和主義思想にたいしてもつめたい眼をむけた。一つには、それは、敗戦直後の日本社会の流れにたいして無条件的にみずからを結びつけてそこに正義の原則そのものがあらわれているかのような現在信仰を示したからであり、もう一つには、それが個人の思想の自由を制約する新しい種類の全体主義に支えられていたからだった。鮎川が戦争手記にみずから註のようにしてくわえた解説には、次のように書かれている。

「あらゆる totalitarianism と戦わなければ、個人の自由はけっして生きることができない。国家や組織を理想化することによって、人がむざむざと死んでゆくのを黙視してはならない。

この手記を書いたときの私は、もちろん好戦主義者ではないが、そうかといって平和主義者の心をもって書いたとは言いがたい。

戦争の悲惨は悲惨として、空想的かつ滑稽な仮定だが、ナチの軍隊と戦ったのなら、あの時の私なら無名戦士でけっこう満足したであろう。」

ここにさしだされている考え方は、徹底的自由主義と呼ばれるべき思想である。鮎川は、たとえばクエーカーの絶対的平和主義の中にさえ、無思慮な戦争反対の理念への集団的同調を見出して、これに反対する。このような絶対的平和主義をもし第二次世界大戦中に全アメリカ人が採用したとするなら、アメリカはナチスにふみにじられていただろうと彼は言う。同じような無思慮かつ画一的な同調が戦後日本の平和主義の中にあると鮎川は考え、これに対抗する。

絶対的平和主義は、その思想が表明される状況に応じて、その効果もちがってくる。ガンディーの非暴力不服従の運動は、その相手がイギリス帝国主義であった故に効果をあげたのであって、もしその相手がナチス・ドイツであったとしたら、政治手段としては有効なものとなり得なかっただろうというジョージ・オーウェルの指摘は適切だ。私は、現在の日本の状況の中で、絶対平和主義は有効な政治思想だと考えているので、この点では、鮎川の言うように、ここに「戦争はいやだ」という単純な理念のくりかえしとその理念への画一的同調があるからといって、それをしりぞけようとは思わない。日本人のあいだに、考えぬかれているものとは言えないまでも、どんな種類の戦争もいやだという単純な思想があるというのは一つの事実であり、この事実の上にたつ絶対平和主義的心情に色づけられた運動は、その当面の批判の相手方となる米国政府にたいしてある種の有効性をもつ。（対中国政府では有効性をもたないだろう、がそれについてはあとでふれる。）米国政府が、ナチス・ドイツ政府とちがって、その陣営内の世論にあるていど耳をかたむける性格のものだからだ。単純な信念にたいする画一的な同調は、いついかなる場合にも、それとしての危険をもっているが、その危険はいついかなる場合にも同じ程度のものではない。

鮎川の思想の中には、日本人の思想につきまとう実物への信仰にたいする絶対的拒否がある。戦争中の日本政府という実物への絶対的信仰を拒否し、戦後の日本の進歩的運動にしばしばあらわれたソヴィエトという実物への信仰や中国共産党という実物への絶対的信仰を拒否した。あらゆる実物への信仰は、おなじようにしりぞけられ、おなじ程度の否定的価値をおびる。私は、そこに現在、さまざまの実物への信仰がある以上、それらの実物信仰一般を批判するとともに、それら実物信仰のそれぞれについてちがった程度の否定的価値をあたえる方法をとりたい。あらゆる実物信仰をしりぞけた上で、どんな実物にたいしてでも興味をもってかかわるという鮎川の「荒地」的方法は、よりしなやかな運用をゆるすものと、私には思えるのだが。

軍隊という実物への信仰を拒否して軍隊という実物といきいきとしたかかわりあいをもった生活記録として、鮎川の戦中手記は、たぐいまれな資質を明らかにする。

「班長が僕をどう思っていたかということを知ったのは、彼が書いた僕の身上調査の書類を偶然の機会に盗視したからである。それはまだ入隊して二月ほどしか経たなかった時であった。身上調査の様々な項目のうち、本人の性質特徴の項目だけ僕は素早く読みとったのである。何故僕がそんなことをしたのか、はっきり覚えていない。

「顔色蒼白にして態度厳正を欠く。音声低く語尾曖昧。総体的に柔弱の風あり」

僕はこの批評に感心した。これだけ適確に自分を浮彫にするような意地悪な世界に入ったのは勿論はじめてのことだった。僕はこの時何かしら勇気の湧きあがるのを覚え、脚がわなわな震えていたように思う。僕はこの批評によって自分は何をしなければならぬか、考えた。」

「僕は要領の悪い人間だ。軍隊ほど要領を使わねば損な所はないのだが、僕は先天的に要領が悪い。その上に多少動作が鈍い。見掛けで大分損をしなければならない。そのうち僕は一番手数がかからず認められることを実行しはじめた。何でもない、殴られる時は率先して殴られること、――これである。」

手記のこの部分について、吉本隆明は、この本の終りにつけた解説の中で、鮎川の自由主義の独自の転回として注目している。「リベラリズムというものが物質的な特権をもとにしてしか成立たないとするならば、大衆が軍隊生活に、現実生活での下積みの境遇を逃れるある程度居ごこちのよい場所を見つけたとしても、少しも否定さるべきだとはおもわないというような意見」を吉本はもっており、吉本のその意見に、鮎川の軍隊内での処世の仕方はひびきあうものだったと言う。

鮎川のように、戦時下の日本においてさえ競馬とばくちと自由な議論ができるという物質的な特権にかばわれて徹底的自由主義の思考方法を育てたものは、軍隊にたいして、いやいやながら属するというのが普通の道すじだっただろう。鮎川の場合には、その自由主義は積極的な転回を示す。彼はそれまで物質的特権をうけて来たものが日本社会で受ける罰を進んでうけようとする。と同時に、自由主義の理念そのものは、状況を批判する眼としてよりするどくされる。

このような自由主義の転回は、戦時下の日本での一つの実例であることにとどまらず、二十世紀の世界における自由主義の道すじを暗示するもののように思える。自由主義がみずから育てた物質的特権を自覚し、それらの物質的特権の保護をうけない条件で積極的に生きることを試み、みずからの転生を計ったら、どうなるか。米国と西欧の知識人の何人かは、日本の軍隊の中での鮎川信夫に似た問題を、国内での黒人との関係において、またアジア―アフリカ諸国民との関係において実現しようと考えるようになってきている。

戦後の鮎川は、戦争下に彼の育てた思想の核を、詩の運動にのみかかわらせる。

橋上の人よ
美の終りには
方位はなかった。
（「橋上の人」）

どの方向にもまげられる関節をもち
安全装置をはずした引金は　ぼくひとりのものであり
どこかの国境を守るためではない。
勝利を信じないぼくらは……
（「兵士の歌」）

その視点は戦後日本の国際主義・平和主義・民主主義の国是ならびに大衆運動とよく似ている。しかもそれとむきあう「荒地」という詩の運動をつくった。鮎川の戦中手記は、今ではかくしておく必要が稀薄になったために発表されたものだと言うが、この発表を機会に、戦中とも戦後ともちがう現代日本のさまざまの実物にたいして、軍隊に入隊した当時とおなじような初心をもって近づきもっとも罰をうける位置をとって新しく自己をかかわらせる方法を見出したことを意味するものとすれば、意外な収穫を、われわれはこれから十年後、二十年後に期待できる。

（「展望」一九六五年二月号）

田木繁について

「一九五七年六月二日の記録」という田木繁の詩がある。

その日、和歌山県箕島駅で大阪へ出勤するためにはのりおくれてはならぬ急行列車にのろうとして、プラットホームから詩人は落ちた。脊椎骨右側の横突起が四本、並んで折れたそうである。

この作品は、当人の身におこったことをそのまま記録し、その時、心中にあらわれた像をあわせて記録するという方法をとる。長篇の詩なので、全文をのせることはむずかしい。つきおとされた詩人の心中にあらわれた、二つの像を、次々に引くことにする。


しかしこの朝、いきなり私がその中へ投げ出されたのは、さんさんと輝く六月の陽光の中へだけでなく、私をとりまく人びとの敵意――ほとんど殺意の中へであった。十五分間隔でやってくる各停、急行の電車の収容しきれない人々は、ほとんどがガラあきのまま到着するこの列車めがけて殺倒する。いったんフォームへ降り立った私は、数十人対一人では如何ともしがたい、忽ちつきもどされて、連結部の穴へつきおとされてしまった。

このときになって、私ははじめて自分の立場というものを思い知らされた。私はその半生を通じて、おこがましくも民衆の中へはいることを意図した人間ではあったが、その実、私の立場は人々と真向からむかいあった、反対方向にむかうものであることを。

しかしこの電車車輛の間にはない穴、が汽車フォームにおけるよりはるかに深い、その底へ転落しながら、同時に私はまた何かしらホッとした気持ちになったことも否定出来ない。これで私の長年の努力も終りをつげた。結局これでよいのだ。こうなる外はなかったのだ。その流れと一緒に流れながら、どうしてもとらえられなかった民衆の本体というものが、それと正面から向いあってとらえられた。線路の上に身体を横たえてみて、はじめて私に分ったのだ、民衆を済度するなどということのためには、私などの立場の者にとっては、その民衆の前へ身を投げ出してみせる、民衆によって殺されてみせるより外にないということを。

このように完全に否定的に自分をながめて、小石と枕木の間に、無力な一人の老人としてねているうちに、もう一つの考えがひらめく。

がそのときふと、私は鼻先からぶら下った二つの可笑しな恰好の物体に気づいた。床板からのびた鉄棒の先端に、小さな鉄板を何枚も重ねてつくられたブレーキ・シュー、名前どおりに巨人の靴、車輪より一段低い硬度の金属でつくられ、停車のたびに車輪を両側から羽交締めにし、自らはすりへり、火花となってとびちりながら、その廻転を押しとどめようとするもの。

一方私自身にとっても、民衆の流れが反対方向にむかうものであり、民衆こそ私の敵に外ならぬとするなら、当然この列車の進行も私の意志と反対のものであり、その進行を阻止することこそ、私の任務となるに違いない——今はすっかり全身の力の抜けてしまったような気持の中で（不思議に痛みは覚えなかった）、私は漠然と考えていた、この私にも、私なりに、ブレーキ・シューの役割がつとまるであろうかと。

（一九六四、七）

この小さなブレーキは前進をとめようとしながら、もっとつきはなして見るならば、列車の前進のための一つの道具としてはたらく。この長篇叙事詩は、一九二九年四月の「拷問を

「耐える歌」から戦時の詩をとおり、そして戦後早く書かれた評論「官尊民卑について」をとおって今日に到る著者の全著作を集約する一つの作品であるように思える。戦時の田木繁の作品で人の眼にふれたのは二つ。その中の一つは、軍事保護院献納詩日本文学報国会編『詩集・大東亜』（河出書房　一九四四年十月）の中に出た「視線について」である。

視線について

――戦傷兵諸君に

私が一歩歩み出すと、
人々の視線は私の右足に集ってくる。
物心つきはじめてから三十年間、
人々の視線の包囲攻撃の中を、
私は歩いてきた。
それとともに三十年間、
人々の視線の一つ一つを足先で弾《はじ》きかえしながら、
私は歩いてきた。

人々も知っているように、
私は名誉の戦傷兵などではない。
三歳の秋から四歳の春にかけて、
脊髄性小児麻痺を病んだため、
私の右足が左足より二寸短い——今日の状態を生じたのだ。
従って自らに対する矜恃の持ち方に関して、
諸君のと私のとではもとより比較にならない。
がこの集中する人々の視線に対する心構えに関して、
いくらか役立ちたいと願う私の心持ちは
諸君に通じるであろうか?
向うから大勢の人々が歩いてくる。
その中の一人だけの、肩先が奇妙に揺れている。
当然それを見る人の視線は
足下へ移って行かずにはいられぬ。
人々の顔面に咄嗟に、

蔽うことの出来ぬ好奇心が動く。
若い娘など、露骨な嫌悪の色をあらわす。
がこれなどはまだよい。
露骨な感情は露骨なままで受取り、
そこから新しくやり直す覚悟をきめればよいだけだ。
がどうしても耐えられぬのは、
あの同情心という奴だ。
こちらの心の弱味につけ入り、
折角出来かけた勇気をくじく役にしか立たぬ代物だ。
どうかそんなにこちらを見ないでくれ、
親切ごかしの眼つきで私の身体を撫でまわし、
ひとりあるきさえ出来ぬ気持ちに陥れないでくれ、
それはいくたび私のあげた悲鳴であったことであろう！
しかしながらようやく近頃になって、
私にとって最もやり切れないのは、

私の足先にこびりついて離れぬ人々の視線でなくて、
人々の視線を気にせずにいられぬ私自身の気持であることが
分ってきた。
日々の私の努力が、
ひたすら人々の視線を弾きかえすことばかりに向けられている限り、
どうしてそれから私は逃がれることが出来るであろうか！
今こそ私は人々の間を自由に濶歩し得ると考えた。
人々の中の少しも眼立たぬ一人として、
人々と少しも変らぬ一人として。

（一九四四、十）

これは戦意昂揚のために書かれた詩としては少しかわっている。戦意昂揚の紋切り型の言葉をつらねた序文と詩の間にさりげなくおかれて、この詩は、作者自身が生きる姿勢をのべている。その言葉が、もしも傷病兵自身につたわれば、当時の彼をおこらすか、悲しませるか、勇気づけるか。発表から一年して敗戦の後までこの詩をもっていて読みかえすとしたら、敗戦後のうってかわった社会思想の潮流の中でもひとり生きてゆく気力をそこからくみとることができるような詩である。

だが、このような戦時の時勢の中に目だたぬ一つの石としておかれた詩ばかりでなく、もう一つの詩を田木繁は書いている。それは献艦のために書かれた日本文学報国会編『辻詩集』（八紘社・杉山書店　一九四三年十月八日発行）の中の一篇である。

島々動く

その日、私は一つの島影に小舟を浮べ
綵を垂れてゐた
そしてふと、前方を眺め
自分の眼を疑つた
一つの沖合の島が俄かに一端から動き出したのを
それはもとより濃灰色に迷彩を施されてゐたせいもあろう
がそれは全く船ほどと言ふ恰好をしてゐなかつた
そして相当高い波浪にも拘らず
少しもゆれ動いてなどゐなかつた

深く水中に根をおろしたまゝ
見る〳〵沖合に遠ざかつて行つた
それを見ながら、私は思ふのであつた
この日本列島を形づくる大小無数の島々が一斎に動き出したならば
大編隊を構成し、南下したならば
その勢ひは思ひ知るべく
その向ふところ敵がないであらう
しばらく私は自分の空想に昂奮し
魚信の来るのにも気づかなかつた

この詩は、作者の空想のひとこまを切りとってさしだしたものであろうし、その意味では真実であろう。詩の方法としても、「視線について」や戦後の「一九五七年六月二日の記録」とあい通じる叙事的性格をそなえている。しかし、ここに切りとられた作者の空想の一片は、作者の当時の日常の空想のつみかさなり（それらは当時未発表の戦中作品集『妻を思い出さぬために』、『跛、山へ登る』にのこされている）からきりはなされ、作者の想像力のモザイクの全体の形を宿していないし、戦時文壇の潮流に適合する部分だけを切りとって差しだしたというおもむきがある。文壇人が戦時急行にのりおくれまいと殺倒するさいにホームからつきおとされる心配のない詩である。

私の読んだ最初の田木繁の詩はこの「島々動く」で、それからようやく「視線について」をとおって「一九五七年六月二日の記録」に達した。それらの作品を読んだあとでもう一度「島々動く」にかえると、十五年戦争下のファシズムの潮流に対しても、敗戦後の左翼官僚主義に対しても、ひとりのさめた個としてその中にあり得たこの詩人にさえ、このような配慮不充分の作品があったかという感想をもつ。そのようなきずもろともに、田木繁の足跡は、権力の管理と反権力の管理をともに見かえす視点をどのようにしてつくり得たかの証言となっている。

付記　秋山清『戦後詩の私的な問題』（大平出版社　一九六九年）と大沢正道「俺は俺である」（『黒の手帳』一九七〇年六月）とが参考になった。

（「思想の科学」一九七八年十月号）

彼

黒瀬勝巳の詩を読みかえしてみると、そのほとんどすべてが、死を指さしているのに気がつく。

これまでになぜ気がつかなかったか。

作品が身がわりの死を死ぬことをとおして、作者は生きつづけるだろうと、期待していたからだ。

それにしても私はにぶかった。死ぬことへのねがいを、今では自分の中に切実なものとして感じなくなっているので、彼の気分がわからなかったのだろう。

冷えていく世界にかじりつき
何を孵《かえ》すつもりなのか

（「翁のブルース」）

などという聯に出合うと、問いつめられているように感じる。私は口ごもるばかりだ。

夏

僕の掌のなかで
かたゆでたまごになる都会がある
死に絶えた機能がつまった
つるつるした白いたまごのなかに
なぐさめられることのなかった
一人の男の死に様が
僕には見える

（「夏」）

このように彼は、かたゆでたまごをとりあげ、それをむいて、つるつるした白さの中に彼のくらしている都会全体を見る。

夕立ちがくる

僕は血のにじんだたまごを
夕立で洗い
それから口にほうりこむのである

むかれたかたゆでたまごは、彼の口の中に入り、彼の社会生活の場である都会も、彼の口の中に入って、このように転倒して、彼は死の中に生をとりもどしたのではなかったのか。都市とおなじくおふくろさんもおなじく、等身大から小さくされ、彼の尻ポケットに入るように姿をかえられた。

おれはおふくろをめくり
おれはおふくろをくりかえし読む
いまではおふくろは文庫本くらいに小さくなり
おれの尻ポケットにも楽にはいる
（「文庫本としてのおふくろ」）
いつでも尻ポケットからとり出して、らくに読めるのなら、これから読みものに不足することもない。おふくろなんてものは、読みつくせるはずはないのだから。

せっかく、そういう読みものをつくりだしながら、どうして、読みつづけなかったのか。

彼の詩には救いがある。しかし、詩は人間を救いはしない。

では　逃げるとするか
世界は、これでなかなかしぶといし

（「逃亡の唄」）


つぶされたカニのコウラのような形を、彼はうたってもよかった。幻燈の世界の中にかえろうなどと考えて、彼の求めていた形は、くっきりとしていすぎた。

われらはすでに幻燈機の中にいるのだから、幻燈機の中に入ってゆく必要はないだろうに。

しかし、それは理屈にすぎない。


（「夢幻」十四号　一九八一年九月）

港野喜代子さんの思い出

箕面には行ったことがなかったので、十分に時間をとって京都・岩倉の家を出たつもりだったが、港野さんの葬儀のあるお寺についた時には、門の前に長い列が出来ていて、なかなか入れなかった。ようやくお寺の庭の中に入ったが、まわりの人びとには知人がいなかった。やがて葬儀がはじまり、弔辞が読まれた。永瀬清子さん、と紹介された人の声が、流れてきた。庭の隅からでは、この人は、自作の詩を朗読しているのか、今、思うままに故人に話しかけているのかわからない。かざりのない、いそぎ足の調子で、語りすすんでいた。

「あなたはせっかちな人だったから、書いてくるたよりも走り書きだった。私もせっかちだったから、走り書きくらいのことしか書かなかった。」

その時の記憶をたよりに今、書いているのだから、言葉はそのとおりでないかもしれない。

「でも私は、いつかあなたにまた会えたら、あなたはひとりのおんなの詩人としてせいいっぱいのことをしたんだと、おたがいに肩をたたきあって言いたい。」

声は、ほとんどつぎめなく、どんどん流れていって、思いいれの時間を許さない。詩はこのようにあるべきだという感動があった。

この印象をもって、おなじ葬儀で出会った人びととともに駅にもどっていった。

これほど多くの会葬者の中で、足立巻一、上野瞭の他に私は知り人がいなかった。それは、どんなに、港野さんの活動のわずかの部分しか私にはわかっていないかを示している。それにしても、港野さんが私に残した印象はつよくあざやかである。

「思想の科学」の大阪での活動がはじまったのは、一九五三年の末くらいではなかったかと思う。吉川俊夫から手紙をもらい、その中に「思想の科学関西支部」(この言葉は実際にはつかわれなくなった)をつくりたいと書いてあり、それがはじまりだった。吉川俊夫、大淵和夫が中心となり、川井義子が連絡をうけもち、足立巻一、港野喜代子がまきこまれていった。この活動の中で、「生活詩の会」というサークルが生まれ、「生活詩」というガリ版ずりわら半紙の雑誌が出された。「思想の科学」と「生活詩」とのくみあわせは、一九四六年の「思想の科学」の発足当時には思いもおよばないことだった。

あつまりは、「オランダ」という建物内部にいくつものたたみじき個室をもつ大阪の喫茶店でひらかれた。そこに港野さんは、足立さんとともに来て、みなと話し、「生活詩」というわら半紙の雑誌に自分の詩をのせた。すでに『紙芝居』という第一詩集を出して詩人として一家をなしているこの人が、シロウトの間にすわって、何かと世話をやいているのが、不思議に思えた。この活動は、思想の科学研究会にとって、それまでとはまったくちがう質をつくりだしたし、その質は、今日にいたる研究会の性格につたわっている。ただ、思想の科学研究会の転換点となった「生活詩の会」について、おぼえている人はすくないと思うので、ここに書いた。港野さんと思想の科学研究会とのつながりは、港野さんのさまざまなつきあいの中の小さな部分にすぎないが、そこで港野さんはたぐいまれな誠意を示し、このサークルの参会者にはたらきかけ、そこから思想の科学研究会の性格の変化の最初の兆候があらわれた。

（「思想の科学」会報八一号　一九七六年八月）

「本の手帖」　森谷均さんの流儀

いる。

「歴程」（一五三号、一九七一年六月号　歴程社）に、辻まことの「カンダル氏」という文章が出て

ところがあるとき〈どこの酒場だったか記憶がないが〉タバコの烟りのあいだからボンヤリととまり木に並んでいるカンダル氏を見ていると、彼はカウンターの上のグラスを取上げて、ごくゆっくりと自分の腕時計にウイスキーを流し込んだのである。ウイスキーは一滴もそとへこぼれずに時計に呑込まれてしまった。私の好奇心は黙していられなくなった。

—あなたの時計は酒を飲むんですか

—いや私の手にスピリットを与えただけですよ

—でも私には時計が飲んだように見えましたが

そして、二人の問答は、こんなふうにつづく。

―あなたがあなたの皮膚からどのくらい遠くまで酔っているか私にはわかりません、しかしまだあなたの殻のところまでは届いていないことはたしかですよ

……中略……

―そんなことが、あなたにどうしてわかるんですか

―私のいったことはあんたにはもうわかってしまった。あんたにわかってしまった以上なぜ、どうして私にわかったかなどという必要がありますか？　お互いに近づきすぎないほうがいいのではありませんかね

これを読んでいて、私は急に森谷均の追悼文集のことを思いだした。ここに出てくるカンダル氏という人物が、なんとなく、森谷均のもっている風格にかようものがあるように感じたからだ。

森谷均について、私は、その仕事をとおしてそんな連想をするので、日常のつきあいがあったわけではない。昭和十年以来、利益と無関係な本をほとんど四十年にわたって出しつづ

けたことが、彼について私の知っている全部である。

私は、十五、六年まえに、森谷均に二、三度あったことがある。私が酒をのまないので、つきあいの時間をもつことがなくて終わった。それから十年以上たって友人のコンスタンチン・トロチェフの『詩集　ぼくのロシヤ』を出版してくれた。もし記憶にまちがいがなければ、十数年まえに目白の教会で紹介されて立ち話をしたときに、

「私は詩を解さないものですから」

と言われたように思う。記憶ちがいではないかと、いまもこう書いていて思うのだが、十数年まえにきいたときにも、やはり聞きちがいかと思ったくらいなのだから、やはり、はっきりそう言われたのだろう。つまり、詩を解さないから、いっしょに酒をのもうという意味だったのだと思う。森谷均の出した本の多くは詩の本である。それでいて、詩を解さないからというのは、どういうことだったのだろう。

そこでなんとなく、カンダル氏のような風格を感じるのだが、彼は、いまのような時代に詩を書きつづけているような人が好きだったのだろう。そういう人の本を出すことを、自分の生きる流儀としたのだろう。だから、彼にとっては、詩がわかるわからないなどは、どうでもよかった。損をしても、損をしても、詩の本を出しつづけた。これを四十年近くつづけ

るということは、むずかしいことだったろう。『本の手帖　別冊・森谷均追悼文集』（非売品　一九七〇年五月　昭森社）によれば、そんなことができた理由は、二つほどあるらしい。

一つは、原稿料をはらわないということ。これで何十年もよくつづいたものだと思うが、とにかく彼は一九六九年三月二十九日に七十一歳で死ぬまで、このことをつづけた。もう一つは、美しい本をつくったということ。彼が最初につくった本は、小出楢重の『大切な雰囲気』（一九三六年）で、写真で見るとみごとな本である。その後も富本憲吉『製陶余録』（一九四〇年）とか、里見勝蔵『赤と緑』（一九四二年）とかの美術家の文集を、美しい本として出していった。彼が戦後に編集した「本の手帖」も八十三号まで出たが、紙も印刷もじつにみごとなものだった。こんなに美しい本を出していると、原稿料をはらわなくとも、著者は自分がむくいられると感じるのだ。

彼の人がらをつたえるのは、たとえば、つぎのような話である。

頭の痛い（であろう）手形操作も一仕切りついて、森谷さんは、やおら、鋏、小刀、糊、糸などを出して、破《や》れ本のお化粧直しをはじめる。森谷さんは実に器用だったし、また、この特技を楽しんでいたように思う。――『森谷均追悼文集』長橋光雄「神田錦町一ノ一七番地」

そして、彼は、最後まで自分で原稿の依頼をし、自分でゲラ刷りの校正を、たのしんでいたのだ。

しかし、二度目の入院を切り抜けて退院した森谷さんは、以前のようにゆったりと自分の椅子に坐って、相変らずゲラまで自分で見る丹念さであった。三十年余り、そうやって暮してきたのである。それに、明治人の我慢強さもあったろう。何かそこに坐っていなければ気のすまないようなところがあった。

——前掲書　黒田三郎「森谷さんの思い出」

なにもないものを相手に、将棋か碁かチェスかをさしつづけている人の姿を見るような気がする。そういう流儀をえらんだものにとって、商売上の景気のあがりさがり、それとあまりかかわりのない作品評価のあがりさがりは、それほど気にならないものだっただろう。もう詩の本を出すのがいやになったという感想を、数百人にも達する彼の友人のだれもきいたことがないらしい。

（「思想の科学」一九七一年八月号）

A「人のものをぬすむのは、よくないことだ」
B「おまえも、ぬすんだことがあるじゃないか」
A「――」

Bの発言は、C・L・スティーヴンスンの『倫理と言語』では、弱め、という型にあたり、Aの倫理的主張の反証をあげたことにはならない。しかし、Aの主張の気勢をそぐ役割は、果たしている。

気勢をそがれたあとの倫理の主張は、どうなるか。どのように主張をつづけることができるか。これは、倫理にとって、また倫理学にとって大切な問題だ。

歌人宮柊二がなくなって、追悼の記事が、十二月十三日付「朝日新聞」の「天声人語」に出ていた。

一兵士として中国大陸にいた時の歌。

　ひきよせて寄り添ふごとく刺ししかば声もたてなくくずをれて伏す

　二十歳ほどの中国女性が密偵としてひきたてられてきて、「私は中共軍の兵士です」とだけ言って、みずから死をえらんだ。「その短い言葉は詩のやうな美しさに漲《みなぎ》つてゐた」という回想もあるという。

　三十一年前から関節リューマチにかかり、脳血栓でたおれた。しかし、歌をえらぶ仕事をつづけた。一日がかりで五〇首えらんだ、それを夫人が書きうつし、その中から一〇首えらぶ。もとの五〇首は大切に保存していたという。晩年の宮氏の歌に次のものがある。

　中国に兵なりし日の五ケ年をしみじみと思ふ戦争は悪だ

　享年、七十四歳だった。

「婦人之友」新年号をみていると、最後の歌の一つだろう、次の一首があった。

白樺も桜もすべて落葉して時移りつつ目の前に立つ

はじめにかかげたスティーヴンスンの問題は、『倫理と言語』でその定式に出会う前から、私にとっての問題だった。私だけでなく、戦争にとらえられた多くの人たちの問題だっただろう。

宮柊二のような運命に私が出会わずに終ったのは偶然である。戦後になって私の達した解答は、自分が血刀をさげ、自分の手が血でよごれていようと、その手をはっきりと前にひろげて、

「自分は人を殺した。しかし戦争は悪い」

と言い得る人になろうということだった。

私は短歌の世界に暗い。敗戦後の四十一年、どれほどの短歌を読んできたのか、こころもとない。たまたま「天声人語」による宮柊二の作歌歴の要約を読んで、戦争中に自分のかかえていた問題を、この人は抱き、その問題を戦後のこの長きにわたってすてることなく抱きつづけたことを知った。

(「京都新聞」一九八六年十二月二十日)

中野重治の重層話法

三月十八日に東京の私学会館で金達寿をかこむ会があり、そのほとんど終りに近く、しかし金達寿自身の話のすぐ前だったが、中野重治の話をきいた。

来た人が二百人くらいでいろいろなところですでに雑談がはじまっていたので、はじめはききとりにくかったが、中野は低い声で話しはじめ、ききにくいためにかえって一座は静かになって、耳をかたむけた。来た人の三分の二くらいは、きくことができたと思う。

金達寿は昔、自分の家にきて酒をのんでねてしまい、その大きな体をねどこまではこぶのに夫妻でとても困ったということ。今、そこで金君の息子さんに会ったが、父親よりもさらに大きいようで、この人が家に来て酒をのんでねてしまったら、自分たちはどうしてはこぶことができるだろう。

そんなところからはじまって、個人的な思い出から、やがて金達寿の大成をいわう言葉に移るのか、と思っていると、ほとんどつぎめなしに、今、日本で、朝鮮半島にことがおこれば出動できるようにと米軍の訓練がおこなわれていることにふれて、このようなことについて、ここにあつまっているわれわれが何もしないということではどうだろうかという、われわれの頭にかぶさっている政治のことにうつった。若いころの金達寿の肖像、今日の会へのいわい、そういうものから、つぎめなしに今日の政治に入ってゆく流儀が、私に、中野重治の小説を思い出させた。

中野重治の小説を読みはじめたのは戦争中の一九四二年で、「歌のわかれ」、「空想家とシナリオ」、「村の家」の三つが入った新潮社の本だった。その後「五勺の酒」、『むらぎも』、『梨の花』、『甲乙丙丁』、それに詩集、『日本語実用の面』などの評論を読んできて、もっとも深く私をとらえている作品は『むらぎも』だと思った。

ところが、その『むらぎも』を、今、何年ぶりかで読みなおしてみて、私が考えちがいをしていることがわかった。私の記憶の中では、主人公が東大の門を出て近くにある沢田伯爵の家をおとずれる。沢田伯爵はもとは中どころの大名だったが、理科系統の学問をして応用工学のほうにゆき工場経営にのりだした。旧華族のいいところと新華族の積極面とを結びつけた一族だった。その息子のひとりが主人公の友人で、それをたずねてきたのである。

主人公は友人の部屋にとおされ、そこに老女がうやうやしく紅茶をもってくる。友人は紅茶があつくないとおこる。そのおこりかたが、声を大きくしておこるというのでなく、声は十分に統制され、つめたくおこっている声であることから、主人公は階級構造についての思いにふける。この友人のマルクス主義の理論と老女への文句の言い方とはどういうつながりをもつか。そして、そのすぐあとに、おれの信じているのは汎神論だ、新人会の理論なんかじゃないぞという認識が、ほとばしるように主人公の意識の表面にあらわれるのだとばかり私は思っていた。

中野重治の著作の中で私の中に深くつきささったこの文章をぬきがきすると。

「哲学——方法論——だいたい言っておれは汎神論者だゾという思いが頭をもたげてくる。春になると、祖母が小豆粥《あずきがゆ》と斧《よき》とを持って屋敷じゅうの果樹をまわって歩いた。「これやァおどれ貴様。今年ならんと承知せんゾ！」そういって斧で幹に切りつける。夏になると、墨壺を安吉に持たせた祖父が藪へはいって行って、新竹の腹に丑の三十とか寅の三十五とか書きつけて行く。藪の出口で、青大将があらわれて祖父の足くびをずるっと巻く。顔いろの変った安吉が立ちすくむ。「よし、よし。大事ない、大事ない。」といって、祖父が歌うような調子で、「このさとにィ……」ととなえる、「かのこまだらのォ、むしあらばァ、やまだちひめとォ、かくとォたらァん……ほれ、見い。行く、行く……」安吉の目の前で、青大将がからだを解いてするするっと草の中へかくれて行く。橋に茣蓙《ござ》を敷いて坐っていると、山の方で大きい稲妻がする。雷鳴の伴わない、非常に幅のひろいまっ青な明るい稲妻。その下で青田が一面にぱっと照らされるたびに、「ほら、稲に実がはいるぞォ。ほら、また光った……」と子供ながらに祝福した。あれがおれの哲学だ。むろんそんなことをあの連中には言えん。むろんまた、そんなのは誤りでもあるんだが……」

この文章が、沢田伯爵家の息子である東大新人会員訪問のすぐあとに来ると思ったのだが、本を手にとってみるとそうではなくて、あいだに、去年の秋、新人会にはいりたてのころ、東大の教室で岩崎義夫の講演をきいた思い出がはさまっている。岩崎義夫は、『マルクス主義研究』に登場した少壮教授で、「山田氏方向転換論の方向転換よりこそ始めざるべからず」、「その後における結合はそれ以前における分離なくしてはあり得ず」というようなおもしろい題のつけ方をした論文を書いていた。

その教授の講演をきいてから、質問の時間に主人公は教室をすべりだした。そこでさっきの汎神論が引き出される。別に岩崎教授の思想のすべてに反対するというのでなく、「あるものが今後いかにならねばならぬかとの問いは、そのものが現にいかにあるかとの認識のうちにすでに答えられている」などという考え方のスタイルには、主人公は魅力を感じているのだが、東大生の質問にこたえてドイツ語の術語へとさそってきりぬけてゆく論法が、突然に主人公の心の底のほうから別のものの形を浮びあがらせる。ここのつながりは、今読んでとてもおもしろいし、ここでの福本和夫のえがきかたは花も実もあるようなえがきかただと私には思える。しかし、そこのところが私の記憶の中からすっぽりぬけてしまったのは、この小説を読んだ時の私が、東大新人会を中心とする東大生の進歩思想を支える底のほうの思想は何かという、別の問題に心をうばわれていたからだと思う。

中野重治の方法は、丸山眞男の言う、日本思想の特色としての思い出とは違う。丸山が思い出というのは、時勢の動きを機として、その時勢とあうようなことを一挙に思い出して、心中の過去像が一色にそまることを言うのだが、中野重治の重層話法は、目前のことが自分に思いだされることと遠くはなれたことを心中に呼びおこすし、自分の底にある異物の意味をとらえることであり、それを一つの柱としてそれにすがって自分のまわり一帯を見わたす方法である。

（『中野重治全集』第18巻月報　一九七八年五月）

中井英夫

時代が新しいいがたに人をはめこもうとする時、その型どおりにならない異形の者もまた、あらわれる。ドイツ・ナチスの時代に『大理石の断崖の上で』(一九三九年)を書いたエルンスト・ユンガーは、そのひとりだった。彼の作品を今ここで思い浮かべるのは、中井英夫がユンガーと似て、植物の形相にみずからの感情を託す作家だからだ。中井にとって、植物の形は、彼のそだった家の中にあった。彼の父が植物分類学者だったからで、その仕事を職業としてうけついだわけではないが、彼の著作の中に年をおうて植物の形への関心は深い影をおとすようになる。

彼が小学校に入った昭和四(一九二九)年は、満州事変より二年前で、まだ大正時代ののんびりした気風がのこっていた。父親の留守がちな家庭に、彼は末の男の子として、母親と二人の姉との共生の空間を生きる。二人の姉はともに、彼とおなじ小学校にかようので、共通の話題が多かった。女の子が、この世はこうであってほしいという希望が、彼の作品の底にあるように思える。東大教授・司政長官・国立科学博物館館長という社会的地位のある父親のいだいていたであろうこの世像は、彼の作品の中に対象としてあらわれるばかりで、作品を支える根底にはない。

大正期の日本の風俗は、海外から日本に流れこむものにつねに敏感であり、その風俗への好みにぬいこまれるように自由への感覚があった。それは日中戦争の遂行とともに、日本文化が固有最高だという国家的思想にせばめられてゆくのだが、この著者は、家庭と友人の間に、軍国思想をわりこませなかった。日米開戦後、陸軍参謀本部勤務の兵士となり、東条首相が箸箱をもって歩いてくるのと廊下ですれちがったりする毎日の生活の中で、後に『彼方より』に残されているような、さめた見聞を記しつづけた。この期間に、二十歳の青年であった著者は、日本陸軍参謀本部の中にいて、その土地が反転して別の土地になる、そういう別世界にいたにちがいない。空襲のつづくこの時期に母を失ない（この人については「溶ける母」という美しい文章がある）、彼はこの世界で支点をもたない境涯に入る。そこから、ゆっくりと、創作にふみだしてゆく。新しい世界のはじまりは、三宅坂の参謀本部内の異郷であったにちがいない。

野球とジャズとトランプとは、日本に入ってきたアメリカ風俗で、それらはだんだんに戦時下に排除されるようになるのだが、家庭内の遊びとしてのトランプは、ながく著者の心に住みついて、やがて連作長編のわくぐみをつくる。

『とらんぷ譚』の終りにおかれた「幻戯」は、かわいた味わいをもつ名作である。主人公は六十をすぎ、田舎町の地味な倉庫番としてくらしている。彼の毎日は活気にみち、かたときもポケットからはなしたことのないカードと玉との手練は今いかされる。老境にいたるまで彼に活気を保たせてきたのは異郷からの時々の不規則な通信であったが、今は、目前の童女のおもかげの中に、異郷の人のまなざしがあり、そのまなざしにむかって、演戯にうちこむ時、うらぶれた実人生は光あふれる劇場となる。

終戦後に彼は、長編推理小説『虚無への供物』とともに『黒衣の短歌史』を書いた。その中に、「東大総長南原繁会見記」がおさめられている。南原は、戦中も日本の政治と対峙し得た政治学者である。彼のくらしは、明治人らしい気骨に支えられ、その姿勢を歌集『形相』にうかがうことができる。学者を本業とするものの、この人は自分の著作であとにのこるものはこの歌集一冊と信じていた。戦争の熱狂にとらわれなかった人として、著者は、年齢の差にもかかわらずこの東大総長に共感を示している。だが、戦争のとおりぬけかたは、両者において著しくちがう。南原が、明治人の節度をもって戦時日本の無軌道に対したことは、彼の作歌の型にあきらかである。短歌雑誌の編集者中井英夫は、この型を自分のものとして身につけていない。戦時の異郷にある間に、年少のころにいくらかは身につけていたはずの型の知識をぬぎすててしまった。彼に型があるとすれば、それは異郷の型である。こうして、共感をもつ老人とのあいだにちぐはぐな愛嬌のある対話がかわされ、それは人間的なあたたかい記録である。

批評家であり短歌雑誌の編集者でもあった中井英夫は、中城ふみ子、寺山修司などの、型はずれの戦後作家を見出し、その登場に力をかした。その批評眼は「幻想博物館」「悪夢の骨牌」「人外境通信」「真珠母の匣」からなる連作小説『とらんぷ譚』に生きている。

私の記憶をさかのぼると、昭和四年から十年まで、著者は私のとなりの教室にいた。彼のクラスは野球がうまく、クラス対抗戦でも館、山本、恒川などの名選手をあいついでくりだした。しかし、彼が野球に熱中しているのを見たおぼえがない。そのころから彼は野球よりも、トランプの好きな人だったのだろう。

（『真珠母の匣』解説　一九八八年刊）

『昭和萬葉集』を読んで

二つの流れの出会うとき

千年このかたかわらぬ形の詩を、ひとつの社会でひろく人びとが書き継いできたということは、ヨーロッパにはない。もっと慎重に言えば、私は知らない。このことは、近代ヨーロッパ人の眼から見るとめずらしいことに見え、大切にする必要のあることに思えた。ラフカディオ・ハーンやヴェンセスラウ・モラエスはそう感じた。

しかし、近代のヨーロッパの文化に、手本を見出した日本人には、そうは思えなかった。外山滋比古「短歌・俳句の弁護」（『昭和萬葉集』月報一五　一九八〇年五月）を見ると、イギリスで、詩に対する攻撃に出会って詩人が自分たちの仕事を守るために書いた論文が、一六世紀ではフィリップ・シドニーの『詩の弁護』、一九世紀ではシェリーの『詩の弁護』としてのこっているのに対して、日本では、伝統詩型を攻撃する側の文章だけが記憶にのこり、詩人の弁護はのこっていないという。

短歌は奴隷のリズムであるというような説は記憶されているくせに、民族の抒情に不可欠な調べであるという弁護論ははっきりしないままである。

これは、明治以後の日本の知識人が、攻撃することを議論の主流としてきたためだろう。支配層ではこれとちがって、あまり言論にうったえずに、黙って、習慣を守る（守らせる）ことを主な仕事とした。

文学についても、習慣打破をのべる文章が評論としては主流をなしてきた。だが、革新の議論にもかかわらず、伝統詩型は守られ、大量の和歌・俳句がつくられてきた。和歌については、『昭和萬葉集』は、ひとつの証拠である。これらの和歌が全部つまらないかどうか。

敗戦にすぐつづく時代に、短歌についての論壇の評判はよくなかった。しかし、短歌はこの時代にもひろくつくられていた。その前の長い年月、短歌をつくる習慣をもっていた人びとには、今、米軍占領下に入り、新しく西洋諸国から風習が入ってきたといっても、自分が短歌をつくることをやめはしなかった。むしろ、短歌をつくることに、自分のよりどころを求めるという切実な感情が、このころにあった。

東京の新聞雑誌から遠くはなれて、長野県長野市の繭《まゆ》問屋の三男に生まれた立岡章平（一九二九—七三）の年譜を見ると、戦争がおわった時、十六歳で、戦後の一九四七年、斎藤茂吉の歌にひかれ、短歌会に入ったことが書かれている。長野工業学校卒業後、家業の手つだい、畑仕事などしているうちに結核にかかり、八年間の療養生活をおくり、長野からはなれることがなかった。

敗戦の影響を地方都市でうけたこの青年をひきつけた茂吉の歌は、当時低い評価をあたえられていた『つきかげ』所収のものである。

この体《からだ》古くなりしばかりに靴穿《は》きゆけばつまづくものを

さらに二十五年たって立岡は、この歌集にたちかえって、書いた。

私は茂吉の愚鈍さの表現を共通の愚鈍さをたっぷり持つ者として共感するし、文学表現として見れば、存在の深部をあらわにしている意味で評価したい。この一面の愚鈍さを承認しなくては、到底『つきかげ』の魅力を認めることができないばかりか、茂吉という文学者の一面の魅力を見落すことになってしまうと思われる。

（「つきかげ論――老年文学の魅力」『「つきかげ」論――立岡章平評論集』一九七四年）

立岡章平の短歌論は、昭和六十年の日本の短歌全体を見わたす時、ひとつのしるべになる。『昭和萬葉集』巻二、一〇四ページにこんな和歌があった。

トーキー見る吾のかたへに切髪の小さき老婆ゐるはあはれなり

この歌は、明治以後の青年が、老年に対していつもいだいてきた感情の構造をあらわしている。

靴が出てきた。おばあさんが靴なんか穿いてあぶないよ。洋服。おばあさんが洋服なんか着てにあわないよ。「ぼく」だって？　おじいさんがそんな言葉使ってハイカラだねえ。洋画。おじいさんがそんなもの観に行ってきてわかるのねえ。グレタ・ガルボ。おじいさん、そんなの知っているの……。明治から一二〇年、戦争の時代の中でさえも、次々にあらわれる新文明の風俗に若者はついてゆき、老人はとりのこされる。そこにあわれさを、人道主義的な青年は感じてきた。これは、おなじ生活の型のくりかえしであった江戸時代の停滞の中での敬老とはかなりちがうものだ。

『昭和萬葉集』を読んでいると、二つの流れがまざりあっているのを感じる。一方では、プロレタリア、ブハーリン、アナウンサー、ツェッペリン、メートル法など、洋風の言葉と物とをとりいれてよむ短歌。もう一方では、明治以前からの自給自足のくらしの中でもとの型をくりかえす自分をみつめる短歌。

たらちねの母は寒夜をはた織りの準備するなり糸を返して　（高橋友重、巻一、一六八ページ）

「本日はロシヤの革命」ただそれだけで弁士はたちまち中止を食つた　（佐倉禎一、巻一、一〇八ページ）

やがて、二つの流れは合流して、総力戦の流れに入る。総力戦そのものを停滞として見る見方は、短歌の中に、あらわれるべくして、ほんの時々、姿をあらわすだけである。

全力もて擲《う》たれるびんたによろめくをただちにとりもどす不動の姿勢

（大江徹、巻一、一三五ページ）

こういう時代にも、歌一つで自分を支えている人はいた。癩予防法で強制隔離にさらされている人の歌。

秘めて来し我の病も歌の上にはいつはらずけり豈《あに》くゐめやも

（島田尺草、巻一、一四九ページ）

自分の父の死にあってよんだ歌もまた、停滞をとおして時代全体を見る可能性がここにあることを示す。日本の短歌がここにすわりとおして戦争を見つづけることができたならばと思う。

みまもるはわれひとりなり死にし父をしばし暁のしづけさに置く

（富田充、巻一、二〇四ページ）

もろい健康

あなたは勝つものとおもつてゐましたかと老いたる妻のさびしげにいふ

（土岐善麿、巻七、一一二ページ）

敗戦直後の『人民短歌』で、この歌に出会って、それが心にのこった。今、思いだしても、好もしい歌だ。

作者土岐善麿の名前は、戦前に、石川啄木の伝記をいつか読んだ時におぼえ、文庫本で、彼の歌集が出ていたのを買って読んだ。『昭和萬葉集』には入っていない大正時代の短歌である。

死ぬ前の石川啄木が心をゆるした友である。社会主義・無政府主義に共感をもち、その心は、植民地にされた朝鮮人にむかう。そういう歌が多く歌集におさめられていた。その人びとのために何もなすことのない自分をあざける歌が多く、風呂に入った時には自分のチンポを見ると無力であるとか、道ばたにたってしみじみと小便をするとかいう歌があって、少年時代、私の心に親しく感じられた。

彼の戦争吟は、私の目にふれなかった。だが、相当数の戦争吟をつくったことが、『昭和萬葉集』を見るとわかる。それは彼の社会主義・無政府主義・自由主義が日本の男性のもの、それも知的指導者層のものだったので、日本の指導者層が全体として、戦争体制にくみした時に、身分ぐるみ、その中に入ってしまったということからくる。指導者層から自分をふりほどき、ひとりの孤立した知識人として戦時体制を見すえるほどのごうまんさも、ルンペン性も、この人にはなかった。しかし、戦時のおろかな指導者ぶりを敗戦後にかくさないだけの誠実さをこの人はもっていた。

このいくさをいかなるものと思ひ知らず勝ちよろこびき半年があひだ　（巻七、二二ページ）

しかし、台所にたって、とぼしい材料で食事をきりもりしていた妻には、別の感想があっただろう。むしろ、そこから短歌を書きついでゆくことにしたならば、というのが、敗戦後の土岐善麿の考え方だった。

少しづつ小甕《こがめ》に貯《た》めし砂糖もて父の好みの煮豆たくなり　（久住初枝、巻六、四九ページ）

病人に配給ありしいささかの蜂蜜なれば惜しみつつ食ふ　（霜井清子、巻六、五一ページ）

魚油くさき石鹸泡立て湯浴《ゆあ》みする幼き姉と妹のこゑ　（嶋正子、巻六、五三ページ）

たたかうための体力がとうとばれたこの時代に、全力をつくして拮抗してたつものは、病いにふす人、病人をかかえる人だった。吉野秀雄の作は、戦争時代にしっかりとたっている。

病む妻の足頸《あしくび》にぎり昼寝する末の子をみれば死なしめがたし

潔《きよ》きものに仕《つか》ふるごとく秋風の吹きそめし汝《な》が床《とこ》のべにをり

真命《まいのち》の極みに堪《た》へてししむらを敢《あへ》てゆだねしわぎも子あはれ

これやこの一期《いちご》のいのち炎立《ほむらだ》ちせよと迫りし吾妹《わぎも》よ吾妹

配給の餅《もちひ》かぞへて母のなき四たりの子らに多く割当《わりあ》つ

（巻六、二五四ページ二首、二五五ページ二首、二七四ページ一首）

病人が戦時とむきあう姿勢は、長島愛生園に隔離されて住む明石海人の短歌にあらわれる。

父母のえらび給ひし名を捨ててこの島の院に棲むべくは来ぬ
監房に罵りわらふもの狂ひ夜深く醒《さ》めてその声を聴く
総身の毛穴血しぶき諸《もろ》の眼のはじけ果《は》つべししかも咳《せ》きに咳く
夜な夜なを夢に入りくる花苑《はなぞの》の花さはにありてことごとく白し

（巻四、二四三ページ）

健康な人は、戦時の空気にたやすく感染して政府配給の合言葉を口ぐちにさけぶ。病人は自分自身の生活を全力を集中して支えようとする故に、時代の合言葉に心を動かされない。生活苦の故に自殺した江口きちの最後の歌も、満州事変後の軍国主義下の社会にすっくと立っている。

夜はせめていましめときて放ちやらな紅粉《べに》も涙もひとりわがもの
侘《わ》び住みの底ひに透《とほ》りわがいのちほそくしみらに光りし如し
睡《ね》たらひて夜は明けにけりうつそみに聴きをさめなる雀鳴き初《そ》む
大いなるこの寂《しづ》けさや天地《あめつち》の時刻《とき》あやまたず夜は明けにけり

（巻四、二四〇ページ）

戦後に、仁木悦子たち「障害者の太平洋戦争を記録する会」が、『もうひとつの太平洋戦争』(立風書房　一九八一年)という本をつくる。身体障害者である故に太平洋戦争下にさげすまれた人びとの体験の記録である。この人たちは戦力となり得ない故に、いじめられながらも、戦時政府のかかげる理想とは別の道すじを生きていた。

脳性マヒをせおう小学校三年生は、あとになって、軍事教練まがいの行進をさせられた時のことを回想して、次のように書いた。

一糸乱れぬ分列行進の中に私が混《ま》じったらどういうことになるか?

(小北厚「戦争が私を小さくした」)

その弱さにもとづくつよさは、戦時政府の配給した合言葉を短詩型の中にとりいれて、戦争讃美の和歌をつくった歌人の見せかけのつよさから遠くへだたっている。

健全の中にひそむもろさに、私たちは、戦争時代十五年間の和歌をふりかえることをとおして、気がついてよいころではないか。敗戦から四十年たって、今の日本には、もう一度、もろい健全さがもどって来たように見える。江口きち、明石海人、吉野秀雄の和歌を思いおこすことは、この時代に生きる私たちに力をあたえる。
病む歌人の書いたそういうつよい歌ならずとも、戦争吟のあとに、それをふりかえって家庭の中の対話をうつし得た土岐善麿の日常性回復の和歌もまた、今の私たちのくらしをあかるくする。

主観の伝承の場

大徳寺山内の来光寺で友人の葬式があった時、列の中にたって待つ間に、草の間に小さい石の碑を見つけた。その表に何か文字が彫ってあるので、列外に出て、からだをこごめて見ると、

氷心玉骨他列志良奈久爾　保呂卑天者　波留乃加須美登多那卑可牟加毛

どういう人がつくったのかわからないなりに、私の中にかたちがあらわれた。うしろにまわってみると、岡本大無とあり、私の知っている名前ではない。忘れたくないので、手帳にうつして家にもどった。

ほんの数日して、この歌にふれて、私の好みを言ったところ、同席の岡部伊都子さんから、『大無遺稿』巻一（昭和四十八年七月二十二日　艸衣社）をおくられた。福田与という人の編まれた小さい本である。

氷心玉骨誰れ知らなくに　ほろびては　春のかすみとたなびかむかも

門下の人びとがえらんだ一首だという。

作者の本名は岡本経厚。明治十年二月十七日、京都上賀茂神社社家にうまれ、昭和三十八年六月末、自動車にはねられ、七月二十二日、八七歳で没。歌集に『深淵の魚』『断紅』『大無歌集』がある。

正岡子規晩年の門弟で、ながく京都で新聞記者をつとめた。早く妻をうしない、耳がきこえなくなって、貧しいくらしの中で、歌と古典を講じた。学歴はなく、僧契沖の弟子今井似閑が上賀茂神社文庫にのこした文献を読んで、独自の教養を身につけた。万葉仮名による作歌もここから来る。長い生涯を通じて私淑せる人は、正岡子規、大石誠之助、柳田国男、柳宗悦、真渓涙骨の五人であった。

酒を愛すれど酒に溺れずして、茶味の恬淡を喜ぶを最高の上士と存じます。私が茶味を知るに至つたのは八十歳を過ぎてから後のことで、味覚の発達に因るのかもしれません。「味はひは毫釐《ごうりん》の差也《さなり》」で、その微妙に通じ得てこそ始めて一人前の芸術家と言つていいのでせう。芸の味さへ解ればいい、芸能者でなくともそれで立派な達人だと思ひます。老生が選歌に際して存分に骨を折るのはこれが為めです。老いては最早《もはや》秀作は得られなくとも、断じてツマラない作は選ばない。一首の見落しもしたくない、と言ふのが私の信念です（稀に見落しらしきものはあつても、それは未経験から来る未知識に過ぎません。自分の全く知らない事をば、唯だ好《よ》ささうだと感じただけで取るといふやうなことは、先々《まづまづ》しないです）。

（晩年の手紙）

『昭和萬葉集』巻三・六・一〇に六首とられているが、片隅の歌人として生涯を終えた人に、この自負がある。

この人の見方に一脈通じるものを、折口信夫にも感じる。『昭和萬葉集』巻八の月報に池田弥三郎の書いていることだが――。

折口信夫の晩年に身近にあった仲間は、「とりふね」という短歌のグループをつくった。これはもともと、国学院大学の予科から本科に進んだものの集団であって、その仲間にあとから、折口の教えているもうひとつの大学である慶応大学国文科から八人がくわえられた。この慶応大学からの八名は、やがて「とりふね」から追放された。

しかし、破門追放の申し渡しの中で、一番印象に遺っていることばは、国文学の研究者として指導に任ずることは止むを得ないことだから今後も続けるだろう。しかしそれは通りいっぺんのことだ。短歌の指導ということが絶えた以上は、今後は人間的な触れ合いということはなくなったと心得ろ、ということばだった。

これにはまいった。完全に引導を渡されたといった感じであった。しかし、今ここで、ざんげ話をしてみてもしかたがない。それよりも、この破門追放事件を思い浮べてみると、折口先生の、こんなにまで強い自信が、どうして生れてきたのか、ということだ。逆に言うと、これだけの自信に裏付けられなければ、短歌という文学は、文学たりえないのかもしれない。

(池田弥三郎「「とりふね」史の断簡」『まんよう』昭和五十四年七月)

折口信夫のような大学教授は少なくなった。今では、自分の主観によって生徒の文章を裁断することをさけて、なるべく、客観的規準にしたがって、○×で採点しようとする。大学教授の設計する大学入学試験がそういうものだから、大学内の教育もそれに影響される。その流儀では、短歌の伝承はなりたつまい、というところに、現代の教育制度の総体にゆずらずにたつ短歌の存在理由がある。

「第二芸術論」を提唱して、はじめは俳句に、つづいて短歌に衝撃をあたえた桑原武夫は、「小事はこれを人にはかり、大事はこれをみずから決す」という格率を私に教えた。ものごとに客観的価値がどの程度にあるか、あるとしてもそれをどの程度にたしかめることができるのかを、私はうたがわしく思っており、その故に、自分自身で責任を負うての決断が必要だと思っている。短歌の結社は、家元中心の社交機関にならずに、岡本大無、折口信夫のような流儀で形づくられる時、師の判定をこばんで結社をはなれる場合をふくめて、決断の基礎を養成することもあり得る。

まだ余白があるので、『昭和萬葉集』巻三にとられた岡本大無の歌を書きぬくことにする。早くなくなった娘をよんだ歌であろう。

姉妹《おととい》にもらひし金のそこばくをつかひあまして死にてゆきけり
或るときは父に小銭《こぜに》を替《か》へてくれしこの見覚えのがまぐちよあはれ
一首のつくる歴史
この果てに君ある如く思われて春の渚《なぎさ》にひとりたたずむ
昭和二十五年。この歌は、時代の実感の中にあった。それから三十五年たった今も、私たちの生きた時代を代表する歌と感じる。よみ人の名はおぼえていない。
戦地におくられてゆく兵士が、おそらく輸送船の中で仲間と話しあったことを歌によんで、銃後の妻におくった。
妻のある兵　再婚を論じをり可といひ命あきらめてをり
この二つの歌は、海をへだてて、あい対しているように私には感じられる。
あとの歌の作者は、敷島弘美智（一九一四―四五）。ビルマで戦死した。妻のもとにのこされた歌は、二百首あまり。たよりは軍用葉書で三百枚近くあるという。その歌の一部は、昭和五十二年に日本放送出版協会編『祈りの画集』に発表された。

ある時し火のつく如く妹もへり子を抱く女見る時なりし

みごもっている妻を日本にのこして外地にある兵士の心があらわれている。

この人の妻は、戦後に、こどもをつれて再婚した。こどもの苗字をかえるのが、かわいそうだという、新しい夫の心づかいがあって、敷島という苗字はのこされた。

昭和四十二年に、「再婚した妻にも」特別弔慰金として額面三万円を一〇年にわけてわたすという公報が出た。必要書類をそろえて市役所に行くと、現夫婦の苗字が亡夫とおなじであることから、係員と論争になった。

「弟さんがなおられたのか。それとも御主人は婿養子なのか」

「姓などは符丁の一つだから、読みにくいのより、すなおに読めるほうがいいし、だいいちこの姓は美しい。符丁としての価値が高いから」

というと、係員は急に気色ばんで、説教をはじめた。

「氏姓名をおろそかに考える態度がまちがっている。それに、妻の姓を名乗ることがそもそも婿入りと世間では言うのです」

と自説をまげない。そこで敷島妙子は仕方なく、事情を説明した。

「当時小学校二年生になっていた娘のために、夫のほうから姓をかえてくれたのです。せっかくみなに呼びならされた名前を、親の再婚のためにかえるとしたら、こども心にショックなのではないか。おとなにとっては、どうせ符丁とわりきれるのだから、こども心をきずつけずにすむほうをえらぼうと言って、こどもの姓にかえてくれたのです」

係員は急に態度をかえて、

「世の中には奇特な考え方をなさる男性もおられるものだ。たいがいはみえやめんつにこだわって、改姓はいやがるものなのに、まして奥さんの前の御主人の姓をなのるなんて、とても考えられない。思いやりのあるかたですね」

手続きをすませての帰り道、私は係員の言った奇特という言葉を噛みしめていました。実は奇特だったのは改姓のことだけではなかったからでした。当時再婚を控えていた私に、ある人がこんこんと諭《さと》してくれました。再婚した妻の心得《う》べきこととして、決して前の夫のことなどおくびにも出さず、過去はきれいさっぱりと忘れること。過去にまつわるものは焼却して身も心も一新して、新しい夫につかえるのが女のたしなみであり、新しい結婚を幸にするための要諦だというのでした。

でも主人はこれを一笑に付《ふ》し、

「一人の人間が真剣に生きた生涯を焼き捨てる権利など誰にもないし、それに過去をきっぱり忘れるなんて、そんな器用な真似が人間に出来るわけがない」

と、少しもとり合わないばかりでなく、先夫の遺した数々の便りや歌は、彼一人の「思い」ではなく、戦死した応召兵みんなのものだと思うから「人間の魂の記録」としていつまでも大切にしていこうと言ってくれたのでした。これはやはり奇特なことに違いありませんでした。どうしてそんな奇特なことを、何の気負いもなく言ったり、又極く自然に有難く受けて新生活を迎えられたのか、今になってかえって不思議にさえ思えて来ます。

でもあの終戦後の一時期、それを極く自然に行なえるような何かがあったように思います。古い常識やしきたりから解き放たれ、本当に大切なものを、誰はばからず大切に出来るような明るさがありました。二人で結婚を決めたときも、何が一番大事なことで何を大切にするかということは、他人や常識に決めてもらうのではなく、自分たちで決めればよかったのでした。
そして私たちにこういう出発をさせてくれたものは、勿論敗戦によって初めて手にすることの出来た、民主主義であったことは言うまでもありませんが、それを実行する勇気を与えてくれたのは、先夫が遺言のようにのこしてくれた「人間の魂の記録」そのものであったような気がします。

（敷島妙子「女々しくありたい」「思想の科学」一九八一年八月号）

彼女は再婚した夫の父のぼけの介護に力をつくし、同じ困難に苦しむ人たちが、工夫をおたがいに交換する会合をつくりそだててゆく。
再婚した夫との間にできた娘が、新聞紙上で『祈りの画集』という戦没兵士の記念の本の刊行の計画のあることを知って、「あの短歌を少しでもよいから世に出してあげたら」とすすめ、そのようにして先夫の短歌は世におくられた。
そのうち、『昭和萬葉集』にとられた歌は、次の二首である。

汝《な》が熱《あつ》き息吹《いぶ》きまぢかにあるごとくふとおどろきぬ文《ふみ》よみをりて
あが唇《くち》をうつつ欲《ほ》るがに汝《な》が圧《お》せる唇型《くちがた》のやや開きて紅《あか》し

（巻六、一六〇ページ）

一首の歌の背後に、いくつもの変転をへた昭和史の全体を感じる。いや、むしろ、この歌の中にこもっている力が、その後に、歌にこたえる人びとによって、歴史の中にひきだされたというふうに考えられる。

扇のかなめ

戦時ののろいは、今どこに行ったか。中井英夫『金と泥の日々』を読んでこのことを考えた。

二度と再び彼らの世界に戻り、その一員であるかのような顔をすまいというのが、そのころから末吉の内部で固まり始めた決意であった。

戦時の著者の同時代に対する見方は、戦中日記をおさめた『彼方より』（深夜叢書社）にある。日本国民とは別の見方をもって戦中にあり、戦後には日本国民全体の見方が一挙に戦中のそれをぬぎさるという状況にあって、二〇歳をこえたばかりの彼は、戦時ののろいがさらに異様な型をとってそだってゆくのを感じる。
「己《おれ》は人間でないのだ。人間の中に交《まじわ》ってきた。それがまちがいだったんだ」

洞窟を持たぬフォーヌは
　　　まよひ出て
　灼《や》くる舗道を追はる
　　素足に

角（つの）
　　　ふたつあり
　道すがらみじめは知りて
　歩《あゆ》みいたりき

人恋へば

人は嗤《わら》ひぬ
山羊の趾《あし》
もてるをのこの
醜《みにく》さゆゑに

空腹な大学生だった彼はやがて学校をやめて短歌雑誌の編集者となる。短歌史と中井英夫個人史の交錯は、寺山修司を舞台にのせ、盗作者といわれて非難集中する時にも彼をかばいとおす熱情をうむ。

新宿、西大久保の病院で、顔はむくみ、スイカみたいなおなかをして、彼は寝ている。ネフローゼ。ことし三月から入院して、絶対安静を申し渡されているのに、若い諸友はひっきりなしに病床を訪れる。中で彼が一番お喋りだ。あげく九度何分の熱を出し、昏睡した。覚めて、呆然と呟いた。

——なぜ、おれは生き急ぐんだ。

（中井英夫『黒衣の短歌史』潮出版社）

寺山修司の歌を私がはじめて見たのは、「短歌研究」でではなく、深作光貞のおくってくれた「律」でだった。手もとにないのでまちがっているかもしれないが、私の記憶にのこっている初出の形は、

春の野にわれの忘れてきし椅子は鬼のためわが青年のため

後に彼の歌集でふたたび見た時、言葉がかわっていたので失望したのをおぼえている。私はそれほど歌をひろく読んでいるわけでもないが、これまでに会ったことのない歌に会ったと思った。『昭和萬葉集』におさめられている歌で、心にのこる作をあげる。

一本の樫の木やさしそのなかに血は立ったまま眠れるものを　（巻九、一六〇ページ）
マッチ擦るつかの間海に霧ふかし身捨つるほどの祖国はありや　（巻十一、二八四ページ）
大工町寺町米町仏町老母買ふ町あらずや　つばめよ　（巻十四、二八七ページ）

くまどりあざやかな歌だけを、中井英夫はおしたのではない。戦中のひそやかな意志の緒

を大切に保った彼には、短歌によって時代の中に孤独を保つ近藤芳美のような人がいたことは、重い。中井の推賞する作は、

水銀の如き光に海見えてレインコートを着る部屋の中　（『埃吹く街』）

今、『定本　近藤芳美歌集』（短歌新聞社）を読んで感じるのは、昭和七年から五十三年現在までおなじ主題を、かたくなでなく、しなやかに歌いつづけていることだ。戦争をしずかに見てはじきかえす態度が、妻となった女性へのいたわりの歌とおなじ根からそだつもののように全歌集の中にある。

たえまなく煤のかたまり吹きあたる一つの窓にまなこをあぐる　（『早春歌』）
吾は吾一人の行きつきし解釈にこの戦ひの中に死ぬべし　（『早春歌』）
季節移るときを必ず吾が病めば妻といたはり合ひてたつ日々　（『埃吹く街』）
早く寝て本を読まむと訴ふる汝がやさしさにいたはられ居む　（『埃吹く街』）
耳のうら接吻すれば匂ひたる少女なりしより過ぎし十年　（『埃吹く街』）

たちまちに過ぎ去る一人の歴史ならず負い歩みつつ新たなるまどい　（『黒豹』）

行動に学ぶ思想と今日もいうかあやうし退廃を知らぬ世界を　（『黒豹』）

その問いをひそかに一生のがるるとも逃れ得ぬものに心はたぎつ　（『遠く夏めぐりて』）

妻とのみ夜は待つねむり一日の冬の嵐の地のしずまりに　（『アカンサス月光』）

近藤芳美は二〇歳の時、広島郊外で病をやしなう中村憲吉をおとずれた。その時、中村は短歌一首の作り方を扇にたとえた。

扇は「要《かなめ》」と呼ぶ一本の釘で骨が綴じられ、整然として扇としての形がとられている。もし、その釘が打ちこまれなければ、竹の骨はばらばらになり、それは形をなすことはないであろう。短歌一首作るとは、その一点の「要《かなめ》」を、必要な一点に打ち込むことである。まるで虚空から言葉の一つ一つをさがし出して来るかのようなたどたどしさで、憲吉はそうした意味を少年のわたしに懸命に告げようとした。

（近藤芳美「中村憲吉のこと」「図書」一九八二年十月号）

停滞の岩盤

正月にかるた会があるというようなくらしを、『金色夜叉』で読んで、明治時代にはそういうふうだったのかと思うくらいだったから、和歌は私には遠いものだった。

それでも、和歌が私のくらしの中に入ってきたのは、私の姉（鶴見和子）が、歌をならうことを志して佐佐木信綱門下に入り、『虹』という歌集を出したからである。姉のつくった歌はいくつか『昭和萬葉集』に入っている。

我が国に大き変動の起らむを　潜《ひそ》みて遠く我学《まな》ばむか

（巻五、一二三〇ページ）

これは、日米開戦の前夜、日本の領事館から留学生の帰国をつよく（なかば命令的に）すすめられた時によんだ歌で、ふりこが左右にゆれる心の状態をよくつたえている。

姉の友だちに中井岳子という人がいた。夫に先だたれ、子どもたちを育てあげた上で、数年前に自死をえらんだ。この人の歌が数首私の手もとにあるのに気がついた。この人も、佐佐木信綱の竹柏園にいた人で、早く結婚し、主婦としてすごした。

満月を隠した空が
薄絹のやうに明るい。
子供を負つて無言で歩く。

戦後の昭和二十八年ころだと思われるものに、次のような作がある。

〝世界文学〟というものがある。
世界文学といふものがあるとする。
其処にあるアラビヤ語とアラビヤ文学のいと
其処にある日本語と日本文学のいと
私が探してみせる
　探つてみせる
切らずに　殺さずに
全体の織物の中に

ここには、短歌の形式から羽ばたいて脱けだそうという動きがあり、それがそのまま短歌の中にとじこめられている。この人は勉強家だったから、アラビヤ語を習っていたかもしれない。家の中にいるままに、世界文学の形を見ている。

二十年近く前、まだ私が大学で教えていたころ、学生の卒業論文に、新聞の短歌投稿欄を長期にわたって調べたものがあって、投稿短歌欄には、新聞の他の紙面と対照的に停滞があるからこそ新聞の他の部分をしのぐ強さがあるという判定がしてあった。作者は青木嘉明といい、精神病院の看護夫となった。この論文の趣旨を今もおぼえている。たしかに、刻々の新しさとちがうものによって呼吸しているところに、専門歌人の作る歌とちがう、投書短歌のつよさがあるのだろう。

日常生活の道具が、日々あたらしくなってゆく昭和三十年代以来の日本のくらしの中で、短歌がつくられつづけていることは、独自のくらしの力になっている。それは小説がひろく読まれているのとはちがう役割を果す。停滞するものの力であり、停滞の中ではばたく力である。

『昭和萬葉集』の最終巻、昭和五十年の歌をみると、

われひとり浴《あ》ぶる湯なれど柚子《ゆず》入れぬ今宵冬至《とうじ》に亡き人思ひて

（小池千代、巻二十、一八九ページ）

高いビルがそびえ高速道路を車のゆきかう都会の夜に、昔からの儀式を自分のために演じて、自分のくらしを生きる。その心のむきに、今の日本にあっての短歌の意味を感じる。それが、うしろむきの姿勢とは、私には思えない。

視力なきわれとは知らず幼子《おさなご》は抱《いだ》かれながらしきり話しかく

（新谷悦郎、巻二十、二〇〇ページ）

『昭和萬葉集』を読んでいて、専門歌人とそうでない歌人の区別なく歌をおさめる編集方式に共感した。あらゆる歌がおなじようによい歌というのではないだろう。あらゆる歌人がおなじようにすぐれた歌人ということもない。しかし、専門の歌人の作がそうでない人の歌よりつねによいというわけにはゆかない。そのところをしっかりと見きわめて断言したのが桑原武夫の「第二芸術論」である。

それは主に俳句にむけられたものだが、俳句とよく似てやはり「第二芸術」としての役をになう和歌は、青木嘉明のとらえたような停滞の岩盤の上にたつ。生きているということと何かのかかわりをもつ以上、完全な停滞ということはないし、停滞の中で息づき、羽ばたいている、その羽ばたきをつたえる様式であると思う。

『昭和萬葉集』にしても、昔の『萬葉集』とおなじく、同時代の秀歌をのこらずおさめることはできない。私のように和歌にうといものでさえ、この歌がここに入っていてよいのだがと思うものが、いくらかあった。だが、奈良時代の『萬葉集』にしても昭和の『萬葉集』にしても、そこにえらばれた和歌が、その時代につくられた和歌の総体とほとんどきれめなくつらなっているところに意味がある。それが日本文化のおもしろさを示す、というだけでなく、人間の文化がそういう形をもっていることが、日本文化の形を手がかりとしてわかってくるような気がする。「芸術家という特別の人がいるのではない、すべての人がそれぞれ特別の芸術家である」というインド人クムラスワミの直観にそうて、人間の文化を見わたす一つの手がかりが、『萬葉集』に、天平のそれだけでなく昭和のそれにもある。

数行あまってしまった。私の小学校の同級生（女子）の結婚した相手に歌集がある。その人のよんだ歌が二首、『昭和萬葉集』に入っており、いずれも妻とのいさかいをよんだ歌である。夫なる人の作の大方は妻に感謝する歌であるのに、こんな偶然が選集にはつきものだ。

（『写真図説　昭和萬葉集』講談社　第一～第六巻月報　一九八五年）

明治の歌謡　わたしのアンソロジー

たとえば、次の歌が、とても好きである。

妹にこひ大和の野べをわがゆけばあをがき山も面影にみゆ　（中　勘助）

この歌を私は昭和十七年発行の『飛鳥』という彼の詩集で見つけ、同じ本に収められた戦争讃美の詩二、三点を情なく思ったが、この歌その他の多くの作品を美しいと感じそれから後、何度も思い出した。

雨にぬれ
桑つみをれば
エナメルの

雲はてしなく北に流るる

はだしにて
よるの線路をはせきたり
汽車に行きあへり
その窓明《あか》し

思はずも
たどりて来しか
この線路
高地に立てど
目はなぐさまず

（宮沢賢治）

だが、こんなふうにして、自分が今までに書きぬきして来た日本の詩を、ふりかえってみると、それらは、どちらかと言えば、心をやわらげなぐさめてくれる神経安定剤のようなものに限られていることに気づいた。

英語の詩で好きなものは、ミルトンの「めしいた時の十四行詩」、ブレイクの「わがうるわしのバラの樹」「愛はよくあやまちを」「永遠」、ホプキンズの「春と秋」、ウィルフレッド・オウエンの「雅歌」「識別票について」「不思議な出会い」、チャールズ・ソーリーの「きながしの走り手たち」などで、のどかな作風のものではない。

英語の詩に求めるものと、日本語の詩に求めるものとが、二つに分れているのは、私のはじめからもっていた期待・先入見のちがいから来るものか。それとも、日本語の詩の本来の面目が、優しい調子、気の休まる言葉の配列にあるのか。

考えてゆくと、日本語の詩の中でも、気の休まる優しい調子のものでないものが、かなり多く私の心の奥に生きていることを感じる。それは、小学唱歌だ。万葉集の歌とか、古今集、新古今集、もっとずっと下って、泣菫、有明、藤村の詩とはっきりとちがった仕方で、小学唱歌は、私の中に生きている。

子供の時に感心した詩では、たとえば生田春月の詩などには、今でもすらすらと暗誦できるのがあり、先年徳島で春月未亡人に会った時、その場でそらんじてみせておどろかせたことがあるのだが、それは子供の時に感心したものとして記憶の中に配置されている。泣菫の詩、藤村の詩についても、子供のころ感動したとおなじ鮮やかな感動を今、もつことはできない。だが、小学唱歌の場合は別だ。

おおきな　ふくろを　かた　に　かけ、
だいこくさま　が、きかかる　と、
ここに　いなばの、しろうさぎ、
かわを　むかれて、あか　はだか。

だいこくさま　は、あわれ　がり、
「きれいな　みずに、み　を　あらい、
がま　の　ほわた　に、くるまれ」と、
よく　よく　おしえて　やりました。

だいこくさま　の、いう　とおり、
きれいな　みずに、み　を　あらい、

がま　の　ほわた　に、くるまれば、
　うさぎ　は　もと　の、しろうさぎ。

だいこくさま　は、だれ　だろう、
　おおくにぬし　の、みこと　とて、
くに　を　ひらきて、よのひと　を、
　たすけ　なされた　かみさま　よ。

（石原和三郎）

この歌には、サンタクロースの影がおちているような気もするが、しかし、実にはっきりと一つの個人的・社会的・国家的理想像を描いてあますところがない。

これをきいていると、日本をひらいた人もよい人だし、日本の国もよい国なのだろうという安定感が感じられる。

とにかく、私たちが育ったころの日本には、善悪についての安定した像があったことはたしかだ。この安定した善悪の像は、けしからんものを含んではいたが、現在（戦後十四年目）の日本のようなエネルギーのない安定性ではなかった。国家的なスケールで、重大な何事かを生む力をもっていた。この安定的、統一的な理想像が、それをうらづける安定した情緒とともに、小学唱歌の中にある。私たちは、そこで育てられたので、くりかえしそこにかえって現在を考え直さざるを得ない。

一、ユビニ、タリナイ、
　　イッスン、ボウシ、
　チイサイ　カラダニ、
　　オオキナ　ノゾミ、
　オワンノ　フネニ、
　　ハシノ　カイ
　キョウヘ、ハルバル
　　ノボリユク。
（中略）
五、オニガ、ワスレタ
　　ウチデノ　コヅチ、

ウテバ　フシギヤ、
イッスン　ボウシ、
ヒトウチ　ゴトニ
セガ　ノビテ、
イマハ　リッパナ
オオ　オトコ。
（巌谷小波）

ここでは、どんな田舎のすみにおかれたどんな小さな人でも、大きな望みをもち努力を重ねれば、この国家の秩序の中で大男に成長することを約束されているということについて、実に見事な説得がなされている。この歌をうたっているうちに、自分の未来が希望にみちたものであることをあるていど納得してしまう。

一、夏も近づく八十八夜、
野にも山にも若葉が茂る。
「あれに見えるは茶摘じゃないか。

あかねだすきに菅《すげ》の笠。」

二、日和つづきの今日此頃を、
心のどかに摘みつつ歌う。
「摘めよ摘め摘め摘まねばならぬ。
摘まにゃ日本の茶にならぬ。」

（作者不明）

はじめに自然の景色、次に労働の描写、それらが「摘まにゃ日本の茶にならぬ」という結びの句で、日本の国のイメージの中にもう一度ひかって見える。国際的な貿易市場の背景に日本の国の茶をおいた歌なのだが、日本の国のために日本の自然の中で働けと説得する上でおしつけがましさのない見事な効果をあげている。

このころ、私が国家主義教育の作品に魅せられ、国家主義教育のワダチの上をわき目もふらずに走っていたわけではない。この歌を教えてもらったのは、そこから今、歌をぬきがきしているベストセラー『日本唱歌集』（岩波文庫）の共同編集者井上武士先生からだった。私は一番小さいためにグランド・ピアノの下に席をもっているのをさいわいに、そこで足芝居

(クツを机の上にのせて人形にしたててセリフを合せて言う芝居)をしてうしろの席のものに見せて、わらわせた。ピアノをひいている井上先生は何を私がやっているのか知ることができず、腹をたてた。そんなに音楽がきらいなら、くるなと言われたが、売言葉に買言葉で、「では、もう来ません」と私は言い、運よく音楽の時間は六時間目にあたっていたため、その時間が来るとかえってしまったりした。

私の反抗は、井上先生の音楽教育にたいする不満とか不平とかと無関係であった。ただ、教師のすぐ足下で級友を授業の外につれだし笑わしてみることが、特別の英雄的行為のように私には考えられた。高師附属中学校進級を断念した根本の理由になったのは、井上先生との対立であり、小学校だけで附属をはなれたことが学校コースでの私のぐれはじめになったが、今考えてみると、このことは、井上先生とは何の関係もない。むしろ、小学校に入るよりはるか前から、母親から道徳を行住坐臥強制されるので、何かの仕方で秩序破壊的な行為をしないと、生きる余地がないようなタイプの子供になっていた。音楽教室でグランド・ピアノのすぐ下、教師から見えない位置におかれたことが、この衝動のはけぐちになったのにすぎなかった。

直線的におしこむ母または妻が、家族にたいしてあたえる影響は、一つは、不誠実なタイプの子供または夫をつくることであり、もう一つは、自分とおなじにすぐにおしかえしてくる直線的、攻撃的なタイプの子供・夫をつくることであり、もう一つはやや消極的、内攻的な人間をつくることであり、もう一つは、完全にワク外にそれてしまう逸脱的な人間をつくることである。

小学唱歌の謹直な言いまわし、まっすぐな感情の表現に、ノスタルジアを感じるのは、その当時私が自分をおいていた逸脱者の位置からである。このように離れてゆく立場から、謹直な人々を見る時、次の歌は、しぜんに心にしみいるものをもっている。

一、あおげば　とうとし、わが師の恩
　教の庭にも、はや　いくとせ。
　おもえば　いと疾《と》し、このとし月。
　今こそ　わかれめ、いざさらば。

一、互にむつみし、日ごろの恩。
　わかるる後にも、やよ　わするな。

身をたて　名をあげ　やよ　はげめよ。
いまこそ　わかれめ、いざさらば。

（作詞者不明）

「身をたて　名をあげ　やよ　はげめよ」というくだりは、私に、家の哲学を感じさせる。自分を見守っている家の意志、母親のまなざしを感じる。しかも、これから別れてゆくことができるという場面の設定が、この歌を私にとって、感動的なものにする。

「日本の茶」のように国家的スケールにおける生産力を歌った作品もあるが、小学校唱歌の実に多くが、国家衰亡の時における最後の忠臣たちを歌ったものであることは注目してよい。藤田省三によれば、日本の天皇制思想には二つの源があり、一つは古事記でこれは古代天皇制による性交をとおしての民族支配の原理をうたい、もう一つは神皇正統記でこれは古代天皇制が衰亡した中で天皇制を新しく世論の要求にこたえるものとして再建しようとする復古革新の原理をうたったものだと言う。大東亜戦争時代になると、「太郎よ、お前はよい子供、お前が大きくなるころは、日本も大きくなっている」という国家ぼう張の気運をやすやすとうたいあげ、この気運に便乗することでみんながおこぼれにあずかれそうな感じをつくるような歌がうたわれた。だが、明治から、大正、昭和十年ころまでの小学唱歌は、南朝の衰亡当時の権力者に見はなされた最後の抵抗者たちの姿をうたったものが意外に多い。「己《おの》れ討死為《うちじにな》さんには、世は尊氏の儘《まま》ならん」という言葉は、支持者がゼロに近くなった天皇側にただ一人の支持者をのこし、それを拠点としてもりかえしてゆこうという意志を示す。このように少数者によって新しくつくる理想的政治体制としての天皇制の理念が、かつて日本にあり、明治維新にさいしてつよくはたらき、大正、昭和と生きながらえていた。この考え方が、修身教科書だけでなく、また国史教科書だけでなく、音楽の教科書の中にまでもりこまれていたことは注目すべきことだ。楠木正成、楠木正行、新田義貞、護良親王、児島高徳、名和長年らをうたう歌である。その時代からはなれても、菅原道真、橘中佐、広瀬中佐など、孤立して倒れる忠臣を歌うものである。

青葉茂れる桜井の　里のわたりの夕まぐれ
木の下蔭に駒とめて　世の行く末をつくづくと
忍ぶ鎧《よろい》の袖の上に　散るは涙かはた露か
正成涙を打ち払い　我子正行呼び寄せて

父は兵庫に赴かん　彼方の浦にて討死せん
いましはここ迄来《きつ》れども　とくとく帰れ故郷へ

父上いかにのたもうも　見捨てまつりてわれ一人
いかで帰らん帰られん　此正行は年こそは
未だ若けれ諸共《もろとも》に　御供仕えん死出の旅

いましをここより帰さんは　わが私の為ならず
己れ討死為《な》さんには　世は尊氏の儘《まま》ならん
早く生い立ち大君に　仕えまつれよ国の為め

此一刀は往《ゆき》し年　君の賜《たま》いし物なるぞ
此世の別れの形見にと　いましにこれを贈りてん
行けよ正行故郷へ　老いたる母の待ちまさん

共に見送り見反《かえ》りて　別れを惜む折からに
復《また》も降り来る五月雨《さみだれ》の　空に聞こゆる時鳥《ほととぎす》
誰れか哀《あわれ》と聞かざらん　あわれ血に泣く其声を

（落合直文）

一人からもりかえそう、最後の一人がたおれても、支えてを失った原理そのものからでも理想国家をつくりなおそうという考えは、国語教科書、国史教科書、音楽教科書をとおして国民に普及し、ここから大正・昭和期の右翼革新運動が生まれ、五・一五事件、二・二六事件の原動力となった。

この考え方は、革新さるべき対象となる人々を含めて翼賛運動が再編されることによって、昭和十六年以後一時エネルギーを失い、便乗主義の中に姿を没するが、国家の運動が明らかに敗色になって来た大東亜戦争後半期に特攻隊のイデオロギーとして、もう一度、姿をあらわす。この時代に、特攻隊の葬送にさいして、新しいいぶきをこめて歌われた大伴氏の家の歌は、便乗色をぬぐいさった純一の感情の流露を示した。

海行かば　水漬《みづ》く屍《かばね》

山行かば　草生《む》す屍
大君の　辺《へ》にこそ死なめ
顧《かえり》みはせじ

（「続日本紀宣命」に初出）

この歌は、信時潔の曲の美しさに助けられて、大東亜戦争の末期に見事な愛国心のイメージをつくった。この無私の国家主義を向うにまわすことのできるような国家打倒のコースを、同じような純一さをもってつくりたいと、この歌が演奏される時に、私は感じた。この歌が当時私につたえた意味は、ファシストにくらべて私のとっていた姿勢の空しさを明らかにすることにあった。自分のとっている姿勢が正義につながっていると同時に自分の保身のためにも役だつことによって単なる利己主義と区別のつかないものになることが気にかかった。

もし大東亜戦争が、原子爆弾の投下によらず、重臣層の平和交渉によらずに進んで行ったとしたら、国家にたいする無私の献身のエネルギーが、国家改造のエネルギーにむかって自発的にきりかえられるようなある一点に達したのではなかろうか。幕末に両者が合流し、明治初期に両者が合流し、昭和初期に両者が合流に近いところにさしかかったとおなじように、大東亜戦争の末期も、このような条件の成立を準備していた。終戦と占領というカモフラージュされた戦争終結の形は、両者の合流をさまたげたが、戦後の十五年間をとおして、一方から他方へのエネルギーの変換は部分的になされた。戦後に復興した天皇制が、革新的エネルギーを欠く仕方で成立したことが、明らかになるにつれて、日本の国家制度を本気でかえてゆきたいと思う人々の感情が、どういう仕方で生かされるか。小学唱歌にたいする愛着の中で、私は過ぎさったものにたいする郷愁だけでなく、現在にもちこされている問題、未来に生まれるものの原型を感じる。

（「現代詩」一九五九年十月号）

秋山 清

大正の日本では、ヨーロッパの戦争のために、輸出がさかんになり、わずかのあいだに、新しい財閥ができた。景気は、文筆業界をもうるおした。

戦争がおわると、不景気がきた。今度は、平和へのさまざまな集まりができた。そういう集まりのひとつに、翻訳などで知られていた辻潤《じゅん》があらわれて、テーブルにとびのって、皿をけとばして歩いた。

このことを、秋山清は、書いている。

何を彼は言いたかったのか?

このことを秋山は四十年考えていたらしく、ついに彼の得た答えは、政治はばからしいということだったのだろう、と言う。

どの方向にむかって政治運動をすすめるにしても、その動機の底には、人を傷つけたいとか、自分をえらく見せたいとか、現実を自分ができる以上に大きくかえてみようとかいう、妄想がある。

そのむなしさを、人に伝えたいと辻潤は思ったのだろう。そのむなしさを悟らずに、まじめに説いている人びとへの腹立ちがあったのだろう。

このことを、秋山清が四十年も忘れずに考えつづけていることに、私はおどろいた。

辻潤から秋山清へ、ひとつのバトンがわたされた。

大正なかばに、福岡の中学を終えて東京に出てきてから、東京一の高い建物だった第一相互館のエレベーターボーイをふりだしに、半世紀、彼はアナキストとして生きた。

ロマン・ロランやバルビュスに魅せられて、クラルテの会などに集まった数多くの平和主義者、自由主義者、社会主義者、無政府主義者、共産主義者が、やがて昭和に入って日本の戦争を支持し、まじめに戦争詩を発表し、負けてまた平和主義、自由主義、社会主義、無政府主義、共産主義を声高くとなえるのを、秋山清はじっと見ていた。辻潤は、大岡山のアパートで飢えて死んだ。戦争末期のことである。

転向の共同研究を私たちの仲間がはじめたとき、一冊出して、力がつきてしまった。そこに秋山清が入ってきて、岩佐作太郎《さくたろう》について書いた。無政府主義者・岩佐作太郎が戦争を支持して書いた文章を、かくすところなくあげて、その屈折を明らかにした。当時、岩佐はまだ生きていて、無政府主義者としての活動を戦後に再開していた。

「岩佐老人が近ごろ元気がないのでね。元気になってもらいたいと思って、この文章を書いた」

というのが、秋山さんの自分の文章についての言葉だった。

個人にたいする忠誠について、秋山清はそういう考えをもっていた。

『文学の自己批判』という本が、秋山清にある。それは、「新日本文学」の編集長の座から花田清輝をおろした会議で、議長・中野重治《しげはる》が、日本共産党の党派的判断にくみしたことへの批判である。この書物は、中野重治の秋山清への信頼を傷つけることはなく、秋山清は、中野重治の信頼する人としてありつづけた。

秋山さんにはじめて会ったのは、一九五六年十一月二十八日、石川三四郎の通夜のときだった。

「石川さんからは、学ぶべきことが、まだ多くあるような気がする」

と、そのとき秋山さんは言葉すくなく述べた。葬儀のときに、黒旗《こっき》につつまれた石川さんの柩《ひつぎ》を何人かの旧同志とともにになって、畑を横切ってゆく姿が、眼にのこる。

石川三四郎をしのぶ会を、大沢正道、家永三郎とともに、四谷の主婦会館でひらいた。秋山清は事務長格で受付にすわり、記録をつくるときにも中心にいた。そこで私は、うわさにだけ聞いていた九津見《くつみ》房子が来ていることを知り、その人をはじめて見た。

その後、いろいろなところで、秋山さんに会い、そのときどきに聞く話をとおして、秋山さんがどういう人を信頼しているかを感じとることができた。

秋山さんは、本を私にくれるようになった。『白い花』という詩集は、戦中の彼の詩を集めたもので、詩を書いてはそれをとっておくというふうにして、長い戦争の間をすごしたことを知った。その中には、山本五十六《いそろく》の戦死を知って、じっと立つという話がある。それだけである。偉大な人だったとか、この死をのりこえて戦争に勝利しようなどというつけたりはない。ただ事実のみがそこにほりのこされている。

またしばらくして『近代の漂泊』という本を送ってくれた。そこには、敗戦直後に秋山さんが中心となって出した詩の雑誌「コスモス」に書いた「詩人としての乃木希典《まれすけ》」（一九四六年）があった。

私は、橋川文三《はしかわぶんぞう》と親しく、彼が『青年時代の乃木大将の日記』を古本屋で見つけて、それを手がかりとして、乃木希典が明治天皇に対してもつ忠誠が、その中核に私的忠誠心をもっていたことを知る。この直感をもとにして、「乃木伝説の思想」を書くところに立ちあった。それは私にとってひとつの開眼であり、このエッセイは戦後に橋川のとった独特な立場を示している。

秋山清の「詩人としての乃木希典」は、戦中の秋山が、漢詩を読んで得た、乃木がまっとうな人間であるという認識を、戦中いかなるときにも手放さず、敗戦直後の知識人のおおざっぱな軍国主義批判の言論の中で、そのことをただちに文章としたことを伝える。

橋川文三におどろいた私は、その十数年前に秋山清がこのエッセイを書いていたことに、さらにおどろいた。

武士道の道徳的なうつくしさとは、奉仕、即ち自己否定の精神によるものである。肉体的鍛錬《たんれん》を通じての自己否定による自己完成である。だから完成した武士道とは本来ニヒルなものでなければならない。

戦争中、秋山さんは木材通信社につとめて、くらしをたてていた。その間に、花田清輝、岡本潤、関根弘とつきあい、そこでは自由な意見の交換があった。秋山さんはひろく職業上みとめられていた詩人ではないので、戦争詩を発表するように文学報国会から強制されない。自らのつよい決断によって、戦争賛美の詩を書かないように自分を抑制した。

無政府共産党事件に、秋山清は入っていない。これは、中心になった人の話によると、状況に対して暴動をもって自分たちを表現しようとした行動だった。この人は、秋山さんがお母さんにとてもやさしくして一緒にくらしていて、それを思うと、秋山さんをこの失敗を予測に入れた行動にさそう気になれなかったという。

秋山清の母親に対する忠誠心が、友人に感銘をあたえた。それが彼を無政府主義者の最後の暴動にまきこまなかった。

亡くなった母親の出てくる秋山清の一連の詩が、私は好きだ。街を歩いていて、角をまがると、ひょいと母親が出てきて、

「どう、元気?」

と問いかける、そういう詩である。

戦後の『近代の漂泊』に、乃木希典につづいて、会津落城で親を見失って、明治に入って

からも母と妹をたずねて、日本中を放浪する天田愚庵《あまだぐあん》が出てくるのも、秋山さんらしい。

かんづめになっていた新宿のホテルで、夜二時ごろ、私が一階のコーヒー・ハウスにおりてゆくと、隅のほうに秋山さんがひとり座っており、マロン・シャンテリを食べていた。声をかけると、

「まずいところを見られてしまったな」

と言って、はずかしそうだった。遠くから帰ってきて、まっすぐ家にもどっても食べるものがないので、ここで一服しているのだと言った。

晩年、秋山さんについて歩いた若者の回想によると、秋山さんは突然、

「和菓子をたべよう」

と言うと、店に入って饅頭《まんじゆう》を二個（若い友人にも二個）買って、二つ食べてから散歩をつづけたそうだ。

それがあるとき、マロン・シャンテリにかわっていて、自分とハイカラな洋菓子とのとりあわせが、はずかしかったのかもしれない。

あるとき、神保町でばったり会った。長く会いませんでしたね、と言うと、

「ヘルペスにかかって、しばらく家を出なかった」

そのころ、秋山さんは八十歳をこえて、ぼけてきたといううわさだった。だが、神保町から九段の方向にしばらく一緒に歩くうちに、解体中の映画館の側をとおるとき、

「これは昔、モダンな映画館でね」

などと思い出を語り、そのころのモダンな運動のにない手だった吉行エイスケの話になり、エイスケの部屋は吉行あぐりの美容院の階上にあり、美容院をとおらずに外から鉄の階段で、二階にあがれるようになっていたなどと言う。

「よく覚えていますね」

と言うと、

「たずねる人があればね」

とこたえた。そのとき、申し訳ないという感じが私の中に生じた。私は大正時代をいくらか覚えている。秋山さんより若いものとして、秋山さんの記憶をたぐりだす仕事をしなければならないのに、と思った。

秋山さんのひとり息子の雁太郎氏は、死後の集まりで、

「おやじがもうろくするとは思わなかった」

と言い、このことがショックだったようだ。それほど、息子にとって父親は抜群の記憶のもちぬしで、その記憶力がいつまでもつづくと思われていた。

秋山さんは、ほらふきと、ほらをふかないものとの区別を私に伝えた。彼の戦中、戦後の詩に、激越な言葉はおさえられている。テロリストとおだやかな日常をすごすものと、その双方に共感をもった。彼自身はテロリストではなく、平常心をもって、戦時、戦後を生きた。しかし、時代に対してテロリストの心情をもっていたことはたしかである。

彼は一度、自叙伝を書いたことがある。「日本読書新聞」に「小組のへそ」と題して連載された（後に『目の記憶』―筑摩書房―と改題）。題は金子光晴と相談し、題字も金子が書いた。「小組」とは、少数派という意味だそうである。福岡県今津の漁民集落に生まれた彼は、金権派の大組に対して、小組に属していた。漁民集落には、働き手が死ぬことが多く、そのために相互扶助のおきてがあった。それがこの二人のアナキズムのもとにある。

後に東京に出て、エレベーターボーイとして関東大震災にあったときには、すでにいっぱしのアナキストになっていた。震災のあと、自警団に殺された在日朝鮮人、警察に殺された社会主義者、憲兵に殺された無政府主義者について共感と怒りをもち、同時に、テロリズムからほどとおい、いくらか甘い有島武郎に共感をもっていた。その感情は戦後もつづいており、『「白樺」派の文学』が出たあと、著者・本多秋五《しゅうご》から「有島をアナキストと考え得るか」という質問を受けたとき、「そう思う」と答えている。

彼は、信義にあつい、おだやかな日常生活をおくり、どうしようもなく権力に自分自身をぶつけてゆく人とのつながりを断つことはなかった。

秋山清が、戦後にアナキストのあいだで重んじられたのは、大正期の出発以来、多くの人たちが理論装備とソ連の威光にまけてボルシェヴィズムにかかわってゆくなかで、彼が自分の経験をくりかえし吟味するという方法によって、改める必要のないことは改めず、アナキズムをかえることがなかったためである。そういう生き方は、いま重さをましている。

(「潮」二〇〇〇年十二月号)

谷川 雁

晩年に底からせりあがってくる少女がいた。

小学校のころに出会った同年輩のこの女の子は、男の子から「きたない」などと誹《そし》られると、間髪をいれず「北がなければ日本は三角」と言いかえして、相手をへこませた。

谷川雁は自分の生きた七十年の日本を振り返るとき、この言いまわしが妙にいきいきとしてくるのを感じて、自伝の題にした。


彼に会ったのは敗戦直後だから、直接にその場にいあわせたことではないが、一九四三年秋、学徒出陣にさいして、東大三年生の彼は、おなじく兵士になる友人の送別会で、

「たとえドレイになっても何かを語ろうではないか。

イソップはドレイだった」

と述べた。その二行によって彼は詩人である。

軍隊で彼は何度か不服従のゆえに重営倉《じゅうえいそう》に入った。

社会学科の同級生に、私の小学校の同級生橋本重三郎がいなかったかと聞くと、

「いささかナマイキな人物ではなかったですか」

と言うので、虚をつかれた。谷川雁自身がナマイキの親玉だったからだ。

彼にはじめて会ったとき、名刺がわりのように、

「君のひいおじいさんと僕の大伯父とは、横井小楠《しょうなん》門下の愛弟子《まなでし》で、仲がよかった」

と言う。熊本ではこのように記憶ができるのかと驚いた。

地域の中からくりひろげられる世界性が、谷川雁の特色である。

熊本に私がはじめて行ったとき、書く力のある人三人の名を私に教えた。中村きい子、森崎和江、石牟礼《いしむれ》道子。それから四十年たって、この三人の名は、東京の新聞や雑誌で重さをもっている。谷川雁は、たぐいまれな編集者だった。

亡くなった中村きい子に私が会ったのは、二度にすぎない。その長編『女と刀』は、丸山眞男《まさお》を連想させる。

丸山眞男には、戦前戦後をとおして、マルクス主義には倫理についてつきつめた思索がないという認識があった。レーニンが背教者と呼んで、カウツキーの著作をひとまとめに思想

史から追い払ったことに丸山は同調せず、カウツキーの中にカントの倫理が残っていたことを重んじた。人権についてのデモクラシーの平等意識とともに、文化の質についての貴族的価値感覚を手放さなかった。

丸山は転向について中立的分析を必要と見た。しかし、転向とうらぎりを区別し、うらぎりにふれるときには、眉をつり上げて嫌悪の情を示した。丸山において無視されやすいこの価値意識は、中村きい子のえがいた母親の肖像に見事に実現している。それは、明治時代の鹿児島に郷士《ごうし》の娘として育った母が、その夫に対して、ひとふりの刀の重さもない男よと見きわめて七十歳を超えて離婚し、小屋をつくってひとり住む決断であった。明治・大正・昭和の男におしまけず生きた自分たちの破鐘《われがね》をたたくほどの勢いが、口だけはいっぱしの理屈を説く戦後の娘たちに受け継がれていない、と嘆く老女の活力ある会話がうつされている。

北九州では東京とちがうものを二つ感じた。ここでは朝鮮が近い。明治維新も近い。その二つの感覚が谷川雁にあった。北九州人にとって、朝鮮は東京よりも近い。古代からのゆききは、関東や京・大阪とよりも、朝鮮としたらしい。明治維新はもともと、薩摩と長州がつくったという気分が残っており、北九州はそれに遅れたとはいえ、東京人よりも明治維新に近い。

この二つの特色は伝承の中にある。石牟礼道子の『西南役伝説』、中村きい子の『女と刀』。それに森崎和江の『慶州は母の呼ぶ声』には、今生きているこの戦後日本には自分のしたしみはわずかで、朝鮮に原郷を求める心があらわれている。

ここに住む人びとに呼びかけて、谷川雁のつくった雑誌「サークル村」は、九州を架空の村と見たてて、実験をおこした。二年ほどのあいだ、それは戦後にあざやかな軌跡を残した。

高度成長の時代に入ってからも、谷川雁の話を聞いていると、彼の指先に村が見えてくる気がした。

廃坑においても、彼は村のありうる状態を説き、退職者同盟をつくり、退職しているものの補償金をかちとった。しかし、その資金をもとに、共同性を現在に実現することはできなかった。東京に行くなと歌った彼は、東京に出てゆく。

炭坑におりてゆく体験は、谷川雁の想像力に方向感覚を残した。知識人に対しては大衆として、大衆に対しては知識人として向かい合うという、亀裂を飛びこえてたたかう姿勢は、やがて彼に、知識人読者むけに詩を書くことを断念させ、詩が成立する言語の底におりてゆく方向に彼をさそった。ここで彼はチョムスキーに共感をもつ。

詩が、自分のつくるそばから天ぷらのようにあがる時代に入ったから、もうやめると彼が言ったころ、それではこれから何をするかと尋ねると、何十年も黙っていて、忘れられたころにまた書く、今度は、能・狂言を書きたい、という返事だった。ついに能・狂言を書くにはいたらなかったが、晩年の彼は、東京滞在の期間のあと、黒姫に住むようになってから、子供の身ぶりをとおして宮澤賢治の夢幻劇の演出にうちこんだ。

断筆中に彼のしたことを二、三。

あるとき京大の文化祭に、谷川雁が講演に来た。別の会場で桑原武夫が講演する予定になっており、講師控室に入ったところ、むこうの隅に谷川雁らしき人物がおり(桑原と谷川はそれまで未見)、入ってきた桑原に一顧だにあたえず、九州から連れてきた弟子と話し込んでいた。数日後、桑原は私に、あんなに無視されたことは生涯になかったと言って、むしろそれを楽しんでいた。こんなことを観察しているところが、桑原にはあった。ちなみに、このときの谷川の立会い演説の相手は私だった。

もうひとつ、このころ谷川は、ワーク・キャンプの学生たちにたちまじり、学生との会話を楽しみ、乞《こ》われるままに助言を与えていた。

学生たちは、奈良の大倭紫陽花村にハンセン病回復者の宿泊所をつくっていて、それを伝え聞いた近所の反対派に取り囲まれた。そのとき偶然に谷川雁が近くにきていて、助言を求められた。学生は、

「みなさんの同意を得ないうちは、ここに宿泊所をつくりません」

と言って、それまで積み重ねていたブロックを、取り囲む人びとの前で壊した。

それから夏ごとに、京大医学部教授西占貢《にしうらみつぐ》の意見書をもって、男女二人組で、反対者の家を戸別訪問し、ハンセン病が今では新薬プロミンによって回復し、後遺症が残っているとはいえ、伝染しないことを伝えた。そういう説得の手ごたえをお互いで確かめた上で、一挙に宿泊所をたてた。そのときには、前のように、取り囲む人びとはなかった。

一歩しりぞいて、しかしあきらめないという姿勢は、それまでの学生運動にはない。谷川雁の助言が、この道を切り開いた。

東京に行くなと詩に書いた谷川雁は、自らをうらぎって長く東京に滞在した。テックという会社をつくり、新しいソフトプログラムつきでテープレコーダーを使って、英語教育をはじめ、その会社の専務となった。

この運動を説明した言葉は耳に残っている。

ひとつのテープには、一回の録音だけで使い切れない余白がある。英語、もっとゆっくりききとれる英語、その文字どおりの日本語訳、もっとみがかれた日本語の呼吸をいかした日本語を、並行して同じテープに吹き込み、それぞれを交互にかけてゆっくり習得し、身振りを加えて共同の劇をする。そのための学習の機会は、暇のある主婦が自宅に子供を集めてつくる。その主婦が英文科出身であるかどうかは問わない。弟妹の多い中の長女を面接のときにえらぶ。長女は子供のときから弟や妹の世話に慣れていて、やかましさを苦にしない。なめらかな英語は、テープが伝える。子供はそれに口をあわせることで上達してゆく。いくつものパーティが集まって、近くの地域ごとに合同の発表会を開く。

つくられた英語テープをいくつか聞いた。なかでも「猫の王」には迫力があった。英語の仕事だけでなく、らくだこぶねと名乗って、子供にむかってお話もした。

会社やサークルと並行して、言語研究所をつくり、そこにノーム・チョムスキーを呼び、次の年にはローマン・ヤコブソンを呼んで、講演を開いた。どうしてこの人びとを選んだのかと尋ねると、自分には言語学の学問はないけれども、心理学で言うつりあい低能というものであって、言語学者の間で飛び交っているなかにいて、身ぶりで判定をつけるのだという。

チョムスキーは、ちがう言語の底に深層言語のはたらきがあると考え、その文法構造をとりだしてみせた。諸言語の境界をこえ、埋もれている人間の言語への道をさがしあてた。谷川雁が心にいだく、「影の越境」という主題とひびきあう仕事だ。ヤコブソンは、ロシアの詩の分析から出発して、国境をこえて渡り歩くところから、言語の音韻に敏感な反応をもつようになった。

しかし、さすがの谷川雁も、企業を保つにはむかず、会社から手をひいて黒姫の山中にこもった。

そこでも、自分の家の隣に少年少女のとまる宿をつくり、その宿泊費用を彼と少年少女とそれぞれとが折半するとりきめをして、さまざまの主題についての合宿討論をする塾を計画した。日本文化の遺産は、明治国家ではなく、村であり、現代人の底にうもれている共同性を掘り起こすことを、晩年の自分の目的とした。

地方性をもたない世界性のゆくさきはどうなるのか。

それが彼の抱き続けた問題だった。

彼の活動は、敗北につぐ敗北だったが、その敗北の続くなかに、ひとつの方向が見える。

会うたびに、いつも彼は威張っていた。だがそれを彼は自分の弱点とひそかに感じていたようだ。

「僕から威張ることをとり去ってしまったら、何も残らないんだよ」

と私にではなく、ともに暮らした森崎和江には言っていたそうだ。

あるとき彼に、

「谷川さんは一番だっただろう」

と尋ねると、めずらしく顔をあからめて横をむいて、

「田舎の学校だったからね」

と答えた。死後刊行された『北がなければ日本は三角』（河出書房新社）を見ると、彼は首席で級長だった。この級長の足をすくったのが、かの少女であり、その出した問題が、戦後日本に対するとき、彼の頂門の一針となった。

彼と最後に会ったのは、戦後についての座談（「文藝」）だった。そこで彼は、はじめに用意していた戦後の鉄路の上の糞尿《ふんにょう》の山のことを持ち出して、序説とした。

（「潮」二〇〇〇年九月号）

黒田三郎

ここでこの人にさそわれたら、その仲間になって、今日まで来ただろうと思う人が、私にはいる。

戦争中のジャワで黒田三郎に会ったら、彼をたよって、「荒地」にいれてもらっただろう。戦中、そして敗戦後の私の気分は、「荒地」の執筆者に近かった。

しかし、そうはならないで、私は、「荒地」の読者になった。

黒田三郎は三歳のときに生まれ故郷の鹿児島にかえり、関ヶ原における島津義弘の敗戦を記念しておこなわれる行事に参加したりしていた。幼い彼が入っている写真が残っているそうで、そういう薩摩武士の子としてそだてられて、土地の気風になじめず、だが野性のある桐野利秋《としあき》のような人が好きだった。

鹿児島の第七高等学校造士館に入り、西欧モダニズムの雑誌「VOU《バウ》」に投稿する。十七歳の詩人として、自分でそのころ英訳した作品が、『英米シュルリアリスト詩集』（ペンギン文庫として復刊）に出ている。日本の詩人としてただひとり。戦後の黒田三郎の詩風からはシュルリアリズムは想像できない。
私が黒田三郎の作品に心をひかれたのは、「引き裂かれたもの」という詩である。どこで読んだかは忘れたが、結核患者のすわりこみについて、発表された。

その書きかけの手紙のひとことが
僕のこころを無惨に引き裂く
一週間たったら誕生日を迎える
たったひとりの幼いむすめに
胸を病む母の書いたひとことが

「ほしいものはきまりましたか
なんでも言ってくるといいのよ」と
ひとりの貧しい母は書き

その書きかけの手紙をのこして
死んだ。

「二千の結核患者、炎熱の都議会に坐り込み
一人死亡」と
新聞は告げる
一人死亡！
一人死亡とは
（中略）
無惨にかつぎ上げられた担架の上で
何のために
そのひとりの貧しい母は
死んだのか
「なんでも言ってくるといいのよ」と
その言葉がまだ幼いむすめの耳に入らぬ中に

これは新聞と地つづきである詩、というよりは新聞記事の中におかれた詩のように思われた。

そのころ私は、「思想の科学」という雑誌の編集を、内幸町の幸ビルでしていて、道をへだてて向かいのビルにNHKがあって、そこに黒田三郎がつとめていた。ある日、NHKの一室に彼をたずねて、「思想の科学」に書いてほしいと言い、「『荒地』について」(一九五九年十二月号)という一文を書いてもらった。

とても穏やかな受けこたえをする人だった。そこから、彼が大酒のみだなどということは、想像もつかなかった。

道をひとつへだてたビルにいると、うわさは流れてくる。同じNHKの職場に、「夢みるフランス人形」とあだなされた人がいて、その人が黒田三郎の妻となったなど。「夢みるフランス人形」というあだなは、考える力のない人を思わせる。だが、この人は書道展に作品を出しつづける書家であり、夫の死後、黒田光子『人間・黒田三郎』という本を書いた。これが、とてつもなくおもしろい。

それはずっと昔の話、鶴巻温泉という所にある田村隆一さんのお宅まで、真夜中に車を走らせて夫を迎えに行った時のことです。毎度のことながら、酔った黒田の巨体を車にのせるのは困難を極める作業でして、これには腕力と機敏さと、高度な技術を要します。この時も運転席の後ろのシートに彼を落ち着かせることは出来たのですが、ドアの外にニョッキリ突き出した二本の足を中に入れるのに、さんざん手こずらされました。両掌で丸太棒をかかえるようにして先ず一本だけなかに入れもう一方の片方の足に取りかかるや否や、前の片足がドタリと車外へ投げ出されて元のもくあみ。折しも降り出した雨が次第に激しさを増し、全身にシャワーを浴びながら力仕事をしている按配で、一本ずつ代り番こにこの大男の足を持ち上げたり折り曲げたりしているうちに、その靴の踵で、したたかに額を蹴りつけられてしまいました。よく漫画に目から火の玉が散っている絵がありますが、まさにあんな具合です。目のなかいっぱいに爆薬が炸裂したような閃光が飛び交い、その激痛に私は暫時へたばりこんで動けませんでした。こんな風に夫に接触して怪我をした経験は何度となくある筈なのに一瞬の不覚でした。顔の血を拭き拭き、みると夫が両足のつま先を地面につけ、上体を車外に乗り出そうとしているではありませんか。私は矢庭に立ち上がるや、酔っぱらいに襲いかかり、そのおナカを押して押して押しまくって、座席に尻餅をつかせ、瞬間、両足が宙に浮いたを幸い、間髪入れずに二本もろとも車内におっぽり込んでしまいました。そして威勢よく、ドアをしめると、命からがら猛牛を仕止めたあと悠然とポーズをとってみせる闘牛士のように、私を観衆すなわち縁側に立って見物していたこの家の主に向って、ニッタリ笑ってみせ、別れのご挨拶をすると、田村さんも手を振ってくださり、じっと酔眼をわたしの顔に据えて、

〝黒田の女房ってユカイだなあ〟

愉快？　そりゃどういうことです？……でも、そんなこと言ってる場合ではないので、車中で喚き続ける夫を伴って、急いでその場を走り去ってきたのでしたが。……夕方になると、必ず車を満タンにし、他人の家や酒場から、或時は警察署から、或時は救急病院から、酔いどれた惨めな夫を貰い下げてくる、哀しい日課を持った女を「愉快」とはあんまりな！　と、そのときは思ったのでしたが、あとあとこの田村さんの言葉がふっと浮かぶ度に不思議とこれが、超ドライな田村さん一流の、優しい思い遣りを内蔵しているように聞こえてならないのでした。

（黒田光子『人間・黒田三郎』思潮社　一九八一年）

「夢みるフランス人形」がどうしてこのような迫力ある現実描写をなし得るか。

この書物のまんなかあたりに、黒田三郎の詩に小さなユリとして登場するこども（実は二人）によって書かれた「かなしい西部劇」の一文がはさんである。「真夜中の凄絶《せいぜつ》なアトラクション」という副題をもつこの記録文は、「須田ユリ」の名で発表されているが、実は、黒田光子によって書かれたもので、よっぱらってかえってきてこども二人を相手に西部劇を演じおえた後、「わしのことはいいから、光子お前らは逃げろ。俺の馬に乗って、早く、逃げるんだ」と叫びつづける。
その言葉は、黒田三郎没後も、ユリの中にこだまとなってひびく。

あの西部劇ごっこの夜のように、「俺を置いて行け」という父の言葉に叱咤されて私たちは今、父を一人だけ見捨ててきてしまった。そして私たちは互いにそのことに触れないように知らん振りして暮らしている。けれど、あの可哀そうな父親を独りだけ、人っこ一人いない場所に置いてきぼりにしたという意識が、心の深くに刺《とげ》のように突きささって、日が経てば経つほど、動けば動くほど疼《うず》くのだ。

敗戦後に読んだ何冊かの「荒地」は、私にその書き手を親しいものにした。べ平連がはじまって、鮎川信夫は、この運動をおろかな運動としりぞけ、私をバカと呼ぶ文章を書いた。私は、一度肩入れした人にあざけられても、その人に対してあざけりをかえすことはない。その後何年もたって、編集者が鮎川と私の対談を計画したとき、鮎川はおそらく私がことわると思ってかるい気分で承諾したのだが、私がひきうけたのが意外だったのだろう。その日は穏やかな受けこたえに終わり、かえりに新宿の街を歩いているとき、

「どうも、このごろ、音楽をきいても、画を見ても、昔のように感動しない。どうしたものだろうね」

と私に相談をかけてきた。その話しかけに彼の少年のようにやわらかい心を感じた。

私にはこたえられなかったが、彼はこのとき初老性ウツ病の中にいたのではないだろうか。

黒田三郎は鹿児島でそだち、土地の方言によって感じ、考え、そのころに書いた詩が、彼が外地からかえらぬままに、日本で「戦後詩」として分類され、そのころ書いた詩の自分訳が、シュルリアリズムとして英米人の眼にふれた。

敗戦直後、僕が激しく教条主義を攻撃したのは、なぜだったのか。表面はともかくとし

て、今の僕には共通語の底に眠っている方言に一因があるように思えてならない。そのなかにある価値観や倫理観に対する、肯定、否定の両面においてである。

（黒田三郎『赤裸々にかたる　詩人の半生』新日本出版社　一九七九年）

田村隆一は、黒田について、「薩摩士族は、大言壮語を嫌い、過剰な表現を、もっとも卑しんだ。黒田三郎の詩の表現にも、その血は、まぎれもなく流れている。さらに、あえて言えば、詩を書く、おのれの感情を詩に表現するということ自体に、彼ははげしい羞恥をおぼえるものと、ぼくは見る」と書いた。

（田村隆一「二篇の「道」をめぐって」「新国語通信」一九七二年十一月　角川書店）

この心のありかたが、よいとしらふの上下動のもとになったのか。私は、しらふのときの彼に一度あったことがあるだけである。

（「潮」二〇〇一年五月号）

金 芝河

前後して二つの電話がかかってきた。

ひとつは、アムネスティー日本から。もうひとつはべ平連から、ということは小田実から。韓国の詩人金芝河《キム・ジハ》が逮捕監禁されている。彼の自由を求める署名を集めて、韓国にもっていってくれという、同じ趣旨の二つの電話だった。

私は承諾した。そのとき、金芝河の作品を読んでいたわけではない。承諾したのは、この一瞬では、軽はずみな決断だった。

一九七二年六月には、金芝河の詩はまだ日本語訳でひろく読まれていたとはいえない。やがて、彼の詩を日本語訳で読み、刊行を進めていた中央公論社の中井毬栄《まりえ》をとおして、彼の略歴を知ることができた。

新たな夜明けの裏通りで

きみの名を書く　民主主義よ
ぼくの頭はきみに見放されて久しく
ぼくの足どりはとっくにきみを見失ったが
ただ一途の
燃えつのる記憶がひとつかわいた胸奥にあって
きみの名を
人目を避けて書く　民主主義よ

（「燃えつのる喉のかわきでもって」姜晶中訳）

「民主主義」という言葉を口にするときの、韓国と日本での体温の差が私をとらえた。この言葉は、日本語ではすでに初々しさを失っている。

一九四一年の日本では、この言葉には、人目を避けて書く初々しさがあった。一九四五年にも。しかし、一九七二年には、そうではない。同じときに韓国では、ひとりの青年を心の底から動かす力をもっている。

この時期に、中井毬栄をとおして出合った金芝河の詩、戯曲、評論の日本語訳は、一種の地下出版として、私たちのあいだで力をもった。

一九七二年六月二十九日、小説家真継伸彦《まつぎのぶひこ》と私とは、詩人釈放を求める署名とともに、韓国に渡った。

二人が仲間であることを示さないように、飛行機では席を別にとり、おたがいに言葉を交わさなかった。ところが、金浦空港について、荷物が出るところで待っていると、真継がやってきて、自分の荷物が出てこないという。かばんの中に、世界から集めた署名が入っていた。(そのかばんはついに出てこなかった。)

ソウルに行き、ホテルに入ると、真継の部屋の前にだけソファが置いてあって、そこにいつも誰かがすわっていた。

もう一つのかばんにも署名のコピーが入っていたので、政府に届けることはできた。金芝河に直接会いたいと思ったが、結核療養のため刑務所から病院に移されているということだった。まず共同通信の菱木さんから状況を聞いた。日本でもらったカトリック教会からの紹介状を頼りに、ハンガリー人神父をたずねた。

彼は、つよい反共の信念をもっており、中国で共産党が政権についてから、どれだけ弾圧がおこなわれたかについて、強烈な批判を述べた。同時に、韓国で今おこなわれている弾圧

について も強く反対しており、金芝河に会う手順を教えてくれた。

遅れて着いた学生、金井和子さんと、通訳、真継伸彦、私の四人で、七月一日、汽車で馬《マ》山《サン》に向かった。

目的地である療養所に着くと、門のところでとめられた。面会を申し込むと、守衛をとおして、

「金芝河などという人は、ここにいない」

という返事がきた。

「そんなことを言っても、彼らは、金芝河がここにいることを知っている」

と、守衛は返事をしているそうだ。これは、通訳をとおして私たちに伝わった。

いつのまにか、金井和子さんは私から離れて病院の中に入り、これを守衛は、若い女の動きとして見過ごした。やがて金井さんは、金芝河を連れて門のところまで出てきた。守衛と上司との電話の問答はつづく。

「おれは、もう死にそうだ」

と言って、守衛は電話を切る。

数日前、ある人が金芝河をたずねてきて外に連れ出したので、韓国の機密情報部は病院を

責めた。病院はそのために神経をとがらせていた。守衛は電話を離れて、黙って外に立った。ボールペンをもった手を背中にまわし、そのボールペンが小きざみにゆれていた。やがて事務員が出てきて、私たちが彼の病室に行くことを許した。

通訳をともなうことは許されず、三人だけで金芝河の個室まで入ってゆくと、今度は何語で話すか、という問題があった。

一九四一年二月四日生まれの彼は、その当時三十一歳。韓国解放の年には三歳で、日本語を知らない。

私たち三人は、韓国語を知らない。

しかたなく、英語を使った。金芝河は英語をよくは知らないらしいが。

「あなたの投獄に反対する署名がここにあります。私たちは日本から来ましたが、これは、世界のさまざまなところから寄せられた声です」(もとは英語)

これに対して彼は、ゆっくりと答えた。英語のまま記す。

"Your movement cannot help me. But I will add my name to it to help your movement."

(あなたがたの運動は私を助けることはできない。しかし、私は、あなたがたの運動を助けるために、私の名をそれに加えよう。)

もし私が同じ境遇におかれて、そこに見知らぬ外国人が入ってきて同じことを言ったとすると、私には、「ありがとう」という以上のことが言えるだろうか。とっさの間に、自分の中にある単純な英語を組み合わせて、これほど品格のある文章をつくる。ここに詩人がいた。

つぎの日、今度は病院の了解をとって、もう一度彼の部屋をたずねる約束をして別れた。門を出るとき、守衛に「ありがとう」と言うと、彼は礼を返した。

つぎの日、詩人は、今度自分が捕まる理由となった「蜚語」について話した。

ボッカチオの『デカメロン』のような作品を書きたいと思った。蜚語とは、流言蜚語《りゅうげんひご》のことで、うわさである。権力が言論を抑えるとき、うわさが育つ。そのうわさを広げなくてはならない。あらわれる一つひとつのうわさに、リズムがある。できれば、笑いをもって権力に対したい。笑える物語詩を、自分はつくりたい。

自分の物語は、不安と恐怖が政府のつくるまぼろしだったということを知らせ、そこには実はないということを示したい。

今の自分たちを苦しめているのは、朝鮮半島の南北の分断だ。それは朝鮮だけのことではない。あなた方は今、韓国に来にくい。(実際に、朴《パク》政権のもとで、私たちが入国することは妨害されたし、この旅行以後、私は韓国に来るための入国許可を得られない期間がつづいた。）

自分は、ラテン・アメリカのカトリック教に共感をもっている。韓国では、ぜひ原州《ウオンジユ》に行ってほしい。そこにはいい人たちがいる。

言われたとおり、私は原州にむかい、池学淳《チ・ハクソン》司教をたずねた。

司教は、金芝河との付きあいのある数人を呼んで、司教館で待っていた。はじめに、今、どういう状況になっているかを英語で質問し、英語で答えてもらった。韓国に行って、日本語を使うと、そのこと自体がいやな感じを与えると思って、したことだった。池学淳司教は、カトリックの国際会議に出ているので、英語はなめらかで、そばにいる人びとも、英語を使った。

一時間ほどたって、司教は、

「もういいでしょう。日本語にしましょう」

と言って、日本語に切り替えた。

そこに集まってきていた人たちは、五十年配で、一九七二年の五十代だから、日本の韓国支配の終わりには、二十歳を超えていた。二十歳まで日本語を強いられていたということになる。

彼らは英語より日本語が自由である。しかし、日本語には不自由の記憶がつきまとっている。英語で話しあっているあいだは、この人たちにとって私を試験する時間だった。

原州の司教館に集まった人たちの考え方を、私は日記につぎのように覚え書きとして書いた。

「自分たちは、韓国の状況の中で、人間として広場をつくりたいと思った。そのために抵抗している。抵抗してゆく上に、やがては、その運動のひろがりの上に、政治的な智慧《ちえ》のある人が、新しい政治の形を工夫してゆくだろう。よく学生から、あなたがたに新しい政権の設計図があるかときかれるが、そういう設計図をつくることは、われわれの仕事ではない。一つの修正のきかぬ青写真をつくって、それを守って、他の青写真をつくった人びととあらそうことはしたくない」

ソウルにもどると、見知らぬ人が宿舎に使者として来て、朴《パク》政権と対立する政治家金大中《キム・デジュン》から、自分の家に来てほしい、という伝言を伝えた。私は彼の家で、一人対一人で話をすることができた。

彼は、夜明けに金芝河の「蜚語」が自宅の郵便箱に投げ込まれていたので読んだそうだ。金芝河、本名金英一《キム・ヨンイル》は、自分と本貫を同じくする同族であると言い、私たちが日本から韓国に来た目的に好意的だった。

彼から見ると、アメリカのマクガヴァン（当時のリベラル派大統領候補）の政治思想は過激すぎる。もっとおだやかな民主主義を推し進めてゆく先に、韓国の未来を見ていた。

ほぼ一時間、この対話は日本語で進んだ。はじめから彼が日本語で話したからである。

その数日前、政府の建物に金芝河投獄反対の署名を届けに行ったとき、出てきた要人は、ハーヴァード大学博士の名刺を出して、金大中がハーヴァード大学に招かれて講義をするそうだが、英語ができるのでしょうか、と皮肉を言った。

この韓国要人とは英語で話しあったが、そのとき私たち二人の間で英語は共通語ではなかった。それと対照的に、今、金大中と私との間では日本語が共通語として働いていた。

○

三十年たって、金芝河は、京都の私の家に来た。

来ていただかなくてもいいと、何度も伝えたのだが、彼はきかなかった。どうしてこんなに律儀なのだろう。このように生きてゆこうという、彼の考え方が底にあるように思えた。

金芝河のために努力した人の中で、何人もが、三十年の間に亡くなっていた。

私は、短いあいだに知らせて、何人かに、京都の私の家に来てもらった。勇気ある少女だった金井和子も、三十年たって結婚しており、子供もいた。中井毬栄も来てくれた。

金芝河は、ここまで長く年月がかかったことについて話してくれた。

長期にわたる投獄、死刑宣告のもとにおかれた年月。政権が替わって、釈放されてから、自分がまとまらなくなって、苦しくて、飲んだくれの日々を送った。友だちともうまくゆかず、つきあいを断った。

ようやく、立ち上がることができたとき、政府抗議への弾圧が光州でおこり、金芝河は出かけたが、そのときのデモ隊とのつながりをつくることができず、孤立した。

彼は、おだやかな方向を求めた。しかし、ののしりを浴びた。思想として自分が受け入れられていないことを感じた。

自分の道を見出すことができず、書くこともできなかった。

やがて、自分の体のあつかい方に、新しい道を見出した。伝統的な気功である。

もうひとつ、音楽に道を見出した。

気息をととのえて、今、ここにいる方法。古くからの朝鮮の神話と言い伝えの中に、自分の思想がすすんできた。檀君《だんくん》神話に、自分は、自分の道を見る。

孔子には音楽論があり、司馬遷にもある。彼らがそれを聞いて、暮らしのリズムを整えたいという音楽は、どういうものだったのか。私はかねがね、疑問に思ってきたのだが、これまでにその手がかりを得ることはできなかった。

しかし、金芝河と会う前に、送られてきたヴィデオを見ると、彼の目指している音楽上の儀式はどういうものかを考えることができた。

日常生活の中での、体のリズムの調整、社会の中での、おだやかなつきあいの回復、それが、金芝河の目指すところである。

一度、死刑を宣告された人が、普通の生活にもどるのはむずかしい。

メシは天でありますと主張して死刑にされた人。その人を主人公とする劇を書いて投獄された彼自身が、死なないでもどったとき、ただちに普通の生活をつづけるのはむずかしい。

いったん生命の終わりを覚悟した者が生き返ったとき、どういう生き方を彼は選ぶことができるか。

「五賊」発表以後、金芝河に何がおこったかをたどる。

一九七四年五月二十七日、金芝河は、民青学連で指導的役割を果たしたとして、他の五十四名とともに起訴され、七月十三日、死刑の判決を受け、一週間後に無期に減刑された。

彼は、長編物語詩『糞氏物語』を書く。これは『源氏物語』のパロディで、日本に生まれた三寸待《サンズンマツ》が、身の丈一尺三寸五分ながら、民間訪韓団に加わって朝鮮の土を踏み、朝鮮の愛国者の銅像によじ登る話である。こうした憎しみを、私は日本人として浴びることを当然と思う。同時に、私たちがなすべきことをする用意をもちたい。

つづいて書かれた「張日譚《チヤンイルタム》」は、もうひとつの長編物語詩で、主人公は白丁《ペクチヨン》（被差別部落民）と娼婦の子である。張日譚は斬首の刑にあう前に、次の歌をうたう。

メシが天であります
独りでは天に行けないように
メシは分ちくらうもの

メシが天であります
共に見るものが
天の星であれば
メシは皆んなが
分ちくらうもの
メシが天であります
メシがノドを通るとき
天は身の内に迎えられます
メシが天であります
ああ、メシは
皆んなが分ちくらうもの

メシが天である、メシを共に分かちくらうことが革命である。この単純な構想が、長編詩の底におかれる。

一九七五年五月十九日の第一回公判を前に、金芝河は獄中でひそかに「良心宣言」を書いて、池学淳司教に託した。池司教からアメリカのシノット神父へ、さらに日本のカトリック信徒へと、この文書は送られてきた。

なぜ、この文章を書くかを、金芝河は初めにのべる。

自分が共産主義者であるという「自筆陳述書」なるものをKCIA第五局は自分に書かせ、決定的な証拠であるという宣伝をしている。

しかしながら、この文献は決して私みずからの意志によって書かれたものではない。私は囚われの身の、無力な一個人であり、相手は強力無比の大KCIAである。私がそこで書かされた一片の紙切れに、どれだけの信憑《しんぴょう》性が託されて然るべきであるのか、KCIAに連行された当初から、私は自分が「カトリック教会に浸透した共産主義者」であることを認めるように強制された。最初のうち、私は自分が彼らの「ローラー」にはめこまれて「赤いのしいか」にされることをこばみ、抵抗をつづけた。

そのようなことが、五、六日間つづいたと思う。私はKCIAに連行される前から体が衰弱しきっており、貧血から卒倒することが度々であった。極端な不眠症にも悩まされていた。五、六日間、抵抗がつづく間、心身は共に疲労困憊《こんぱい》し、私の体力は限界点に達したごとくであった。意識にも混乱が襲ってきた。
（室謙二編『金芝河』三一書房　一九七六年）

六日目の朝、ＫＣＩＡがつくってもってきた「自筆陳述書」を、彼はむこうの言うとおりに口述して、彼らに渡したという。

このようにして、「自筆陳述書」はつくられた。

獄中で書くことを強制された「自筆陳述書」を、彼は、これもまた獄中で否定する「良心宣言」を書く。この同じ獄中での二つの継続行動が、この宣言の役割である。

なぜこの二度目の行動をするのか。それは第一の「自筆陳述書」が広く宣伝に使われて、自分と行動を共にした学生とカトリック信徒に、わざわいを引き寄せる火種となることをおそれたからである。金大中に彼の拉致《らち》事件を書くことを頼まれなかったかということを、執拗《しつよう》に尋問されたという。

金芝河にとって、「自筆陳述書」の強制執筆は、斬首にひとしかった。

つづく「良心宣言」の中で、金芝河は、未完の長編詩をつぎのように結ぶつもりだと書く。

長詩「張日譚」は次のようなディニューマン（団円）をもって終わる予定である。「メシは分ちくらうものという、歌声、暴風雨となって、韓国の津々浦々に、いま吹き荒れていると、伝えられている」

以上が「張日譚」の大まかな輪郭に過ぎない。重ねて言うが、「張日譚」は今も未完成の世界にある。（同前）

このとき、金芝河の閉じ込められている監房の広さは、一・二七坪であり、人に会うことも、本を読むことも禁じられていた。

この「良心宣言」の中で彼は、南米コロンビアのカミロ・トーレス神父が銃をとって立ったことに言及し、抵抗の暴力を肯定する。彼自身は非暴力の立場に立ち、抵抗の暴力に連帯を表明する。これはやがて出獄後、暴力に一義的に与《くみ》する立場から強くはじき出される、その原因に結びついてゆく。

「良心宣言」は、原州《ウオンジュ》の池学淳司教の示唆で書かれたという。池司教は、海外にいたために、金芝河と連座することをまぬがれていたが、韓国にもどってゆくまえに、自分の信条を書いて、日本の神父に託した。どのような強制にあって、自分がどういう証言をすることがあるとしても、自分の信条はこういうものだという、形見を残しておくことだった。金芝河と同じ用意をもとにした配慮だった。韓国にもどってただちに捕えられたという。その後亡くなられた。

この一連の事件は、三十年前のことである。その後、朴大統領の暗殺があり、さらに後継大統領の退任、収監、金大中の復権と大統領就任があった。金芝河は釈放された。しかし、事実としては、心身に受けた傷はすぐに癒えるものではない。弾圧下に生きるのとは別の苦しみが、弾圧から解放された日々にはつづく。彼の心境を伝える談話を引く。

しかしもっとも重要なことは、みなさん各自が自己のうちに育んでいる逆説的な宇宙生命、いまここでこのように両方の耳をピクピクそばだてて聞いている其奴、ノートに何かを書き込んでいる其奴、私に内心で詐欺はやめろと批判しつつ受けいれてる其奴、あるいはあの方、あの主人公、何でもよい。主体にあらざる主体を考えることだ。それが何であるか。それを問わねばならない。これが小さくても大きな出発点である。しかしはっきりと知っておかなければならないのは、其奴は実体や本体ではなく、生成であり過程であるという点だ。ボコボコ穴のあいた宇宙の網の無限無窮な変化だという点だ。これが二十一世紀を創造的に準備しなくてはならないみなさんの、最初の質問とならなければならないだろう。大きくても小さな談論である。

（『金芝河　生を語る』高正子《コオ・ジオンジャ》訳　協同図書サービス　一九九五年）

（「潮」二〇〇二年五月号）

ゲーリー・スナイダー

仏教を考えるとき、私の心に浮かぶのは、日本の僧侶ではない。子どものころから、日本の坊さんが、親類の葬式でお経を読むのを聞いていた。中国との戦争が始まってから、戦争を良いものとする発言を聞くことが多く、いやになった。キリスト教についてもおなじく、強い嫌悪感をもった。

クームラスワミの仏陀伝を読み、その講演を聞いてから、別の見方があることを知った。ベトナム戦争中に、日本を訪れたベトナムの僧侶ティック・ナット・ハーンの話を聞くことがあり、彼がアメリカとの戦争の中で北ベトナムの側に立ちながら、自分が支持できるような政府はないと言うのを聞いて、そのさめている心にひかれた。北ベトナム勝利の後に、彼はフランスに居を移した。

ゲーリー・スナイダーに出会ったのも、そのころである。

そのころスナイダーは、京都のＹＭＣＡで英語を教えて暮らしをたてており、モーターバイクに乗って往復していた。ときどき道で会って、話をした。

私は、ベトナム戦争から脱走した兵士を助けており、彼らに住む場所を用意し、その場所を次々に移していく計画をたてていた。この計画に協力する若い人はたくさんいて、ただ働きを辞さなかった。この仕事は、大きな組織から援助をうけることなく、自前の運動だった。

ある時、脱走兵を私は世話できない日があった。私たちのところに来た最初の人たちだったので、まだこちらの受け入れの手はずが整っていなかった。いつものような立ち話で、半日、引き受けてくれないかと頼むと、気軽にいいよと返事をくれた。当日、彼は、若い二人のアメリカ人を奈良に連れていって、世界最大の木造建築東大寺を見せた。その帰りに、小さな飲み屋に連れていくと、ナマコの酢の物が出た。ためらっている二人に、

「これくらい食べられないと、日本で隠れて暮らすのはむずかしい」

と説いて、二人に決心させた。この二人は、やがて、つてがあって、シベリア経由でスウェーデンに逃れたから、ナマコ修行は、その大旅行のトバクチにあたる。

脱走兵が増えていくにつれて、かくまうことは、重荷になってきた。

そのころ京都国際会館で、ベトナム反戦運動の国際会議を開いた。義侠心を出したのは、自民党系の元京都市長高山義三で、彼が会場を貸す決心をしたのは、要請した代表が、桑原武夫、奈良本辰也、松田道雄の三人だったからだろう。特に、桑原武夫の役割が大きかった。だが、倹約するとしても、この会議をまかなう費用で苦しんだ。京大病院わきの、入院患者の親族の泊まる宿屋に、若者頭の鈴木正穂《まさほ》（現京都市議会議員）が泊まり込んで、そこに、ただ働きグループがたむろして事務にあたった。

それにしても、東西のただ働きグループは、この会議におわれて、脱走兵の世話を同時にすることはむずかしい。ひとつ、思いつきがあって、私はスナイダーを訪ねた。この会議のあいだ、スナイダーが出かけていく離島に、脱走兵を連れていってくれないか、という頼みだった。

しばらく考えて、彼は承諾した。妻のマサさんが日本国籍なので、この件で追及されると、アメリカ入国に差しつかえるかもしれないという事情からだった。ただ働きグループから二人ついていくことにした。那須正尚と阿奈井文彦である。この二人は、スナイダーと行を共にすることで、大きい影響を彼から受けた。

引き受けてすぐ、彼は別のことを言った。

「今夜、良質のＬＳＤが手に入るが、それを試してみないか」

これは、論理の問題ではない。しかし私は、自分が困難な問題をもってきて、引き受けてもらったのだから、相手のもちだしたもう一つの可能性を引き受けようと思った。大きな枕があり、これは私には、邯鄲《かんたん》の枕と思えた。やがて薬が効いてきて、私は足が立たなくなった。しかし、心は浮遊し、部屋の中を動いている。

スナイダーの借りている一階は大きく、二階は、戦争中に外務省でタイピストとして勤めていた日本人女性が一人で住んでいた。近くに民家はなく、相当の物音がしても怪しまれない。

部屋は広く大きく、本箱もない。山岳仏教について書かれた大きな中国語の本が隅においてあるばかりだ。スナイダーは、日本の家屋を、日本人の理想にそって、なるべく物をおかない空《から》の空間として使っていた。

どこかに、収納の場所はあるのだろう。いつか来たときに、茶道で使う茶碗で炊き込みご飯を供されたことがあった。この茶碗は、と尋ねると、亡くなった老師の記念にもらったという。その転用に禅機を感じた。

そのうちに、自分が竹の節の中に閉じ込められたように感じた。小さくて狭いところで、のどがいがらっぽい。そのうちに、ぽんと音がして、竹の節がぬけ、その向こうには何もなかった。

そうだろうと、これまでも思っていたのだが、実際に、この存在の向こうには何もないのだ。

急に笑いがこみ上げてきた。部屋の隅に座っている導師が、はるかかなたと私に感じられるところから、

「その笑いは、何の笑いか」

と問いかけてくる。私は答えない。すると彼は、自分で自分の問いに答える。

「それは、神々の笑いだろう」

それから彼は、自分の書いた散文を朗読した。それは、この部屋の隅々までひびく見事な声だった。

私は、十五、六のころ、コンコードの学校で、古い英語の詩の朗読を何度か教室で聞いた。スナイダーの朗読は、私の知っているものとは違う、異言語によって鍛えられた英語の読み

方だった。私の身につけた英語が、半世紀を超えた今では、おじいさんの英語の朗読であり、老いたる道化のように感じられる。

ずっと後になって、谷川俊太郎が、僕が詩を朗読することに踏み切ったのは、スナイダーの朗読を聞いてからだ、というのが納得できた。妙な機縁から、彼を導師として薬を服用したのは、私にとって重大な体験となった。

スナイダーは言った。

「これは、体には悪い。しかし、もう一度、日の光がさす野原で、これを服用すると、世界が新しく見える。つぎのまに寝床を用意しておいた。そこに曼陀羅《まんだら》を掛けておいた。まだ薬の影響が残っているうちにそれを見ると、仏が動いて見える」

ようやく動けるようになったので、立って便所にいくと、朝顔に小便が走っていくのが見えて、自分の体が見えない。何もないところから、小便が走って壺の中に入っていく。自分は無く、行動の結果のみが、小便のように世界に、しばらく残る。

寝床に入って曼陀羅を見ながら考えた。のどはまだ、いがらっぽい。窒息しなくてよかった。

次の朝、スナイダーは、コーヒーを自分でたててくれた。夏の朝、縁側に立って庭を見ていると、キリギリスが一匹向こうにいた。すると、自分がキリギリスの中に入って、そこから自分を見ている。
スナイダーの家を出て、しばらく歩くあいだも、この体験は残っており、四十年たった今も私の中にある。

この薬は、どのようにも使える。オウム真理教は、信者にこの薬を与えて、その自我をつぶして自分の教理に従わせ、殺人を自発的におこなうところに導いた。私にとって、導師がスナイダーであることは、仕合わせだった。彼は言う。
「この体験を超えると、今までしてきた運動に今までのように打ち込めなくなるかも知れない。自分のしていることが小さい意味しかもたないように見えるので」

スナイダーは何年も日本に滞在して、大徳寺で座りつづけた。日本の仏教をよいものとして受け入れていたのではない。いつか批判を書くとも言っていたが、書いた形跡はない。入矢義高《いりやよしたか》の寒山詩の注解に感心していた。日本の仏教からスナイダーのとりだしたものは、寒山詩と宮澤賢治であり、両方について彼には英語訳があって、それらはスナイダーの詩集に入っている。

入矢義高は、日本の禅宗を受け継ぐ人ではなく、中国の馬祖道一《ばそどういつ》の禅を受け継ぐ。馬祖道一は、高齢になっても、只管打坐《しかんたざ》をくずさず、座る目的は、固定しやすい世俗的な自分の中に、たえず新しく「迷人」を掘り起こすことにあると述べた。入矢義高は、日本人の中では前田利鎌《とがま》の『宗教的人間』（岩波書店　一九三二年）を高く評価し、この人の『臨済・荘子』（岩波書店　一九九〇年）に解説を書いた。

スナイダーは、人間の原型に帰ろうとした。あらわれた人間は、やがて亡《ほろ》びる。その両端を心において、ここに生きる。ということは、アメリカにおいて、白人のつくりあげた文明を受け入れることよりも、もっと早くここにあった先住民族の神話・民話・寓話を大切にすることにつらなる。

詩集『亀の島』（山口書店　一九九一年）の序文をひく。


この詩集の作品は、ヨーロッパ、アフリカ、ラテンアメリカ、アジアなどから来たアメリカ人の住む〝亀の島〟の未来の可能性に捧げられている。彼らがこの〝亀の島〟の大地を、場を敬愛し、学ぶ日がくるように望みながら。たとえ合衆国がその土地をだめにし、古代からの森を切り倒し、水圏を毒まみれにしたとしても、私たちとその子孫がきたるべき数千年の未来にわたって、この土地に住み続けたいと望むのは当然のこと。これは日本、東南アジアまたブラジルにも妥当する。私たちは住み続ける。その私たちが、なぜ未来をだめにしつつあるのか。その原因の一部は、政治的経済的絵空事にすぎない短命な国家を、合衆国や日本を永久のものと見なすからだ。真実の相は、〝亀の島〟であり、〝ヤポネシア〟。今こそ最も古い文化の伝統に戻るべき時。アフリカ、アジア、ヨーロッパそれぞれの〝根の国〟からこの大地と場を敬愛するよう学ぶ時。そうすれば〝亀の島〟で、また宝石の島々つながる日本で、この惑星地球に共に生きることになる。（ナナオ・サカキ訳）

（「潮」二〇〇二年三月号）

共産主義国家への洞察

吉本隆明『甦えるヴェイユ』

ソ連消滅後、日本のマルクス主義者の間には、それぞれなりの護教的な主張がくりひろげられている。吉本隆明は、マルクス主義についての護教的な立場とはっきりちがう主張をくりひろげる。それは、一九三二年以来のシモーヌ・ヴェイユの著作を再検討することをとおしてなされた。

明治のはじめから日本の知識人は、それぞれの時代の合言葉にしたがってそのわく内で議論をすすめてきた。一九四五年の敗戦後吉本隆明は彼自身が自分のつくる合言葉に領導される知識人のマイノリティーを（おそらくは彼自身の意図とかかわりなく）作り出したが、みずからつくった合言葉の波におぼれることなく、彼自身の言葉で考えをすすめた。その全貌があらわれるのは、ソ連消滅後であり、その媒介としてえらばれたのが、彼の同時代人であり明らかにちがう資質をもつフランスのシモーヌ・ヴェイユだった。

一九三二年二十三歳のヴェイユは、ナチスが政権をとる直前のドイツに行って、ナチスに対する敏感な対応を欠くドイツ共産党にうたがいをもつ。三四年から三五年にかけて電気機器工場、鉄工場、自動車工場で労働し、哲学的日記を記す。慢性頭痛もちの彼女にとって肉体労働は毎日の苦痛であったが、そこから彼女は共産主義国家についての洞察を得る。肉体労働と精神労働の分離が政治悪の源泉であり、管理者と扇動家とはその分離からあらわれると考えた。

「よく秩序立てられた社会生活のなかで肉体労働が占めるべき位置を決定することは容易である。肉体労働は社会生活の霊的中心でなくてはならない」(ヴェイユ『根をもつこと』)

神秘体験をもつヴェイユは、共産党の外にありつづけたとおなじく、カトリック教会の外にありつづけた。吉本の解説をひくならば、「信仰者やイデオロジストの群れにいるものが、「信」を「不信」よりも上位のものとおもいちがえて、知らずしらず創造や懐疑の労力を一切すてて、じぶんは何者でもないのに、ひとをみくだした与太話にふけりはじめる。その瞬間から一切の「信」は滅亡にむかう」。

ヴェイユ自身が「浄化作用をもつ無神論」に記した言葉をひくなら、「神の体験をもたない二人の人間のうち、神を否定する人のほうがおそらく神により近いところにいる」。

ヴェイユは、ナチスへの直接的抵抗部隊に身をおきたいと望んだがかなえられず、解放後のフランスについての報告書を書く仕事をあたえられた。最後の手紙で、彼女は、科学、芸術、文学、哲学をこえる領域を指さしている。「人間だれでも、なんらかの聖なるものがある。しかし、それはその人の人格ではない。それはまた、その人の人間的固有性でもない。きわめて単純に、それは、かれ、その人なのである」

（「朝日新聞」一九九二年三月十四日）

辞世通した日本文学

大岡信『永訣かくのごとくに候』

自分が死ぬということを前にして自分の生きてきた人生全体の感想をのべる。そういう辞世という様式があることは日本の文化をきわだつものとする。日本の文学は、この点で近代ヨーロッパの文学と、今でもいくらかちがうだろう。

そういうちがいをもたらしたひとつの力は、千年ここに生きながらえた短歌の様式であり、そこから派生した俳諧である。

「この短さあるがゆえに、それらはかえって厖大《ぼうだい》な余白に周囲を取巻かれ、量《はか》り知れない思いを暗示的に表現することができる」

近代ヨーロッパ風の死生観をにつめたものに、画家マルセル・デュシャンが墓碑銘にえらんだ「さりながら死ぬのはいつも他人」がある。死んでいる本人が、ここに死んでいるのは私ではない、他人だと言っているわけで、この一句をめぐって終わりのない角逐《かくちく》がつづくことになる。

こんな死の見方は、仲間の中でくらすのになれた日本人にとって、隠者として生きた場合ですら、めずらしい。死に近く、「此道や行人なしに秋の暮」「旅に病で夢は枯野をかけ廻る」とよんだ芭蕉は、病中筆をとって兄にむけて「御年寄《おとしよ》られ、御心静かに御臨終成さるべく候」と書いた。静かな終わりをむかえることを彼は人生の喜びのひとつと考え、その仕合わせを兄について祈ったのである。

明治の俳諧師正岡子規は終わりにのぞんで自筆で「糸瓜《へちま》咲て痰《たん》のつまりし仏かな」「痰《たん》一斗《いっと》糸瓜の水も間にあはず」「をととひのへちまの水も取らざりき」と書いた。彼にあっては病床で書きつづけた『墨汁一滴』『病牀六尺』『仰臥漫録』が辞世文学であり、その散文は、目前の小さなモノをいとぐちとして空想をめぐらしたたのしみを見つける俳諧精神に支えられている。

渡辺崋山は謹慎の身にあるにもかかわらず画会をひらいたということへの悪評が主君の進退に及ぶことをおそれて自殺した。その自殺の理由をあかした門弟椿椿山あての手紙は情理をつくしたもので、「極秘《ごくひ》永訣《えいけつ》かくのごとくに候」と結ばれる。はげしい怒りをこめたこの手紙がこのようになつかしさをこめて書かれるところに、崋山の人がらがあらわれる。みずからの政策がおこなわれずかえって罰せられた忠臣伍子胥《ごししょ》の「わが眼をくぐりて呉の東門の上にかけよ。もって越寇《えつこう》の入って呉をほろぼすをみん」（史記）という遺言にくらべて崋山の遺言にははげしさに欠けるが、それは政治をこえたところに彼が眼をむけていたからであろう。辞世をとおして日本の文学を見ることから、日本の伝統について私はおおきなはげましを得た。

（「朝日新聞」一九九〇年四月八日）

Ⅱ——詩篇

KAKI NO KI

Kaki no ki wa
Kaki no ki de aru
Koto ni yotte
Basserarete iru no ni

Naze sono kaki no ki ni
Kizu o tsuke yō to
Suru no darō

Kaki no ki no kawa ni

Tsume ato ga nokore ba
Utsukushiku naru to omotte iru no ka

Basserareru koto ni yotte
Yoku naru to demo omotte iru no ka

YUKAI NA ASA

Aozora no naka ni
Te o tsukkonde
Toridasu sakana
Ippiki Nihiki

自由はゆっくりと来る

知っている多くの人に
心を分かとう。
千々にくだいて。
それが冷たくとも
なにかのしるしになるのだろう。

人が死んで行くごとに
おれは自分から自由になり
静かに薄れてゆく。

ある日

おれは　地球にできたかさぶただ
風に吹かれて　はがされてゆく

身をひるがえし　ふたたび地に落ちるとしても
別の境涯が待っているだろう
おおかたの自分の歴史が終り
見きわめにくいものの一部として
ふりつもり

見る目をもった質量となって
この自分に対す

忍術はめずらしくなくなった

猿飛佐助は　猿になって飛んだ
霧隠才蔵は　霧になってかくれた
それは　こどものころの夢で
今では　不思議と思えない

変身　それをなしとげて　今があり
それをなしとげて　ここを去る

私が猿になり　霧になる
というよりも　霧が私になり
石が私になって　今いるので

この私が　変幻
ここをはなれては
われらは　たがいに知らず
私は私に
会う時もない

日録　核のもちこみ

ひたむきなオムライス
哀切なトンカツ定食よ
きみに出会うために　メシを食い
きみとわかれるためにさらに食ってきた

と書いて　詩人は自殺した

十七歳の水兵となって　世界最大の
戦艦の沈没に会い
生きのこった小説家は　がんとたたかい
絶望をつたえられる
見舞いにゆくと
病状を知らぬ彼と　知っている彼の妻との
二つの視線にさらされて　まぶしい

今日は　彼がゆき
明日は　別の彼がゆく
戦争のころと　おなじく
流氷のゆききする海のようだ
かつて米国を鬼と呼び　日本国を

信ぜよと言った　政治家が
米国を信ぜよと　いうこの日々

（一九八一・六・二〇）

まちがいはどこへゆくか

まちがいは　どこへ行くか
遠くはるかに
世界をこえて
とびちってゆく
世界はなんと
小さく見えることか
錯誤をだきとることの
できるものは

なんとおおきいか

寓話

きのこのはなしをきいた
きのこのあとをたぐってゆくと
もぐらの便所にゆきあたった
アメリカの学者も知らない
大発見だそうだ

発見をした学者は
うちのちかくに住んでいて
おくさんはこどもを集めて塾をひらき

学者は夕刻かえってきて
家のまえのくらやみで体操をしていた

きのこはアンモニアをかけると
表に出てくるが
それまで何年も何年も
菌糸《きんし》としてのみ地中にあるという

表に出たきのこだけをつみとるのも自由
しかしきのこがあらわれるまで
菌糸《きんし》はみずからを保っている
何年も何年も
もぐらが便所をそこにつくるまで

□

痛いめざめ
こころよい眠り

おぼえておきたいこと
忘れてしまうこと

反対の方向にむかって
同時にすすむ

ひとつの宇宙

非力であることと自由

川崎賢子

　はじめに言葉ありき、の神話を解体しようとする者は、どのような詩の領域へとおもむくのか。そのことは詩心をどのようにきたえるのだろうか。

　言葉が奪われようとした体験について、鶴見俊輔は語りはじめた、「言葉を消せば」と。敗戦後、ＧＨＱ占領下の検閲体験についての講演のさいのことである。「思想の科学」創刊号（一九四六年五月）に発表した論文「言葉のお守り的使用法について」から「大東亜戦争」の語を消せと、検閲官は指示したのだ。

「言葉を消せば」と鶴見俊輔が語りかけたとき、筆者はとっさにさまざまな言説を想い描いた。たとえば、言葉とともに思想はうばわれる。そのような暴力的かつ傲岸なわざを、誰が検閲官に許すのか。

　あるいはより具体的に、ＧＨＱの検閲システムにそくしていうなら、英語をもちいる占領者たちが日本語テキストにたいする検閲を効率的におこなうために、マニュアルは徹底化され、機械的なものとなった。コンテクストは無視され、批判のために用いる場合であっても「大東亜戦争」「八紘一宇」といった言葉は削除を命じられた。つまり、「大東亜戦争」という言葉を消せという命令は、言葉とともにそれにたいする批判の機会もうばったのである。

そもそも鶴見論文「言葉のお守り的使用法について」は、戦中には「大東亜戦争」を遂行する軍部をおもんばかり、戦後はてのひらをかえしたようにＧＨＱの占領政策に追随して、具体的な裏打ちを欠いた薄っぺらな民主主義や自由といった「お守り言葉」を乱発する者にたいする、根底的な批判であった。右であれ左であれ、戦中派であれ戦後派であれ、連続的かつ統一的に批判する視座をもつ、鶴見俊輔は数少ない批評家のひとりである。が、検閲による言葉の削除は、批評の歴史的持続を寸断する。表面的にＧＨＱは戦後日本の民主化促進をうたいながら、ひとびとがみずからの歴史を批判し再構築する、内在的な民主化の機会を、検閲は日本からうばう結果となった。

ところが、鶴見俊輔が「言葉を消せば」につづけたのは、「言葉を消せば、その言葉を乗物にしている思想は消せるのか」「言葉を消せば、態度は消えるのか」、という設問であり、反語だった。いや、消せない、消えないというのである。

占領軍のもつ圧倒的な戦力、原爆の脅威によって態度が変わるのであり「雑誌の一論文のなかの言葉づかいがどうだの、そんなのいじくったって末梢的な問題であって、哲学的に間違ってますよ、その方針は。」(注1)そう、彼は、検閲官に抗議したという。検閲を空無化する言説であり、しかも、そのことによって敗戦後、占領下にも持続する軍事的な支配の力、核の圧力を可視のものにする言説でもある。

哲学的な立場からいえば、ロゴス中心主義にたいするプラグマティズムの挑戦だった。彼は、そのつど、たとえば相手のもつ力や脅威をあぶり出すような態度をとる。そのように自身を実践的にきたえている。態度が先だ、と、彼はいう。言葉を消されてもうばわれない思想や態度があるのなら、態度は後にのこるものでもあるだろう。

けれども詩の立場からは、言葉は乗物であるというプラグマティズムの言語観（それに、「垣根として、柵として」と付け加えるにしても）に、あらがいたい想いもある。

鶴見俊輔のなかで、プラグマティズムと詩と、葛藤することがないとはかならずしも想えない。もちろん、哲学者としての彼は、プラグマティズムの思潮のなかに、スラングや比喩や寓話といった厳密ならざる表現法をもって思想を述べるジェイムズと、学問の純粋性を説くがゆえに、俗語を哲学にとりいれるのではなくことさら難解な新術語をつくりだしたり、スコラ哲学から古色蒼然たる術語を発掘してきたりするパースとの対立があるのだと、説くだろう。そうして哲学者鶴見俊輔として、パースのアカデミズムの潔癖や、厳密性への執着は、プラグマティズムの発想法にそむくものだと批判する。哲学と詩の葛藤が彼に詩と詩論を書かせずにおかないのではなく、プラグマティズムにおけるジェイムズ的なる要素とパース的なる要素との対立が、哲学者鶴見俊輔に詩と詩論を書かせずにはいられない。とりあえずはそう分析すべきなのだろう。

鶴見は哲学の諸流派におけるプラグマティズムの位置を、文学の諸ジャンルのなかのそれになぞらえるなら「ユーモア小説」に近いと述べたことがある（注2）。たしかに、彼のテキストはそれを実践しているようだ。困難な状況、絶望的な危機に直面してもなお、表現は笑いを忘れない。が、それは、さきにあげた検閲官とのやりとりにおける、目先の議論の枠組を大胆に編みかえもしくはその枠の底を抜いてしまうような、読者にとっては目から鱗が落ちるような驚きをともなった笑いであり、彼の読書歴に照らすなら佐々木邦から夢野久作へと突き抜けてしまいそうな、すなわち一九二〇年代から三〇年代にかけての、日本文学諸ジャンルのなかでもナンセンス・ユーモアや、グロテスクな笑いに通じるような側面をもつ笑いである。

しかも、「ユーモア小説」のそのさきには、詩と詩論があって、わたしたちはそこに知恵の悲しみを読む。

Kaki no ki wa
Kaki no ki de aru
Koto ni yotte
Basserarete iru no ni

Naze sono kaki no ki ni
Kizu o tsuke yō to
Suru no darō

という連ではじまる、「KAKI NO KI」。

「傷」としての徴が付けられるのに先だって、「であること」すなわち存在していることによって、「罰せられている」と詩人はうたう。「罰せられている」という、存在についての独特の認識は、もとより、文化人類学者のいう恥の文化意識とは遠くへだたっているけれど、原罪の意識というのとも異なる。罪を問うより前に、「罰せられている」というのだから。「KAKI NO KI」は、どのような思想の生態地図に、どのような曼荼羅の時空に、位置づければいいのだろう。そのような問いを設定するとき、わたしたちは、鶴見俊輔の詩が、脱西洋、脱近代の地平をこの哲学者にもたらしていることに気づかせられる。

ところで、本書にはローマ字の詩がとられているが、鶴見俊輔は、ローマ字の詩、全文カナの文章にくわえて、占領期には、しばしば助詞の「を」や「は」を「お」「わ」とする、表音主義的な表記もこころみている。哲学者の表現としては、同時代のカナ文字化論やローマ字化論などとも通じあう、日本語による書き方、考え方、議論のあり方の明晰化をめざした実験であると、黒川創は指摘する。草創期の「思想の科学」では、読み上げてそのまま耳で理解できるような書き方をめざそうという議論がなされたこともある。「KAKI NO KI」の表記のこころみはその一環だ。もっとも日本語には、まぎらわしい同音異義語を漢字によって限定していくという明晰化の方向もあり、さらに表現表記には、慣習によって読みやすさやわかりやすさが方向づけられるという側面がある。文脈からいって「KAKI」は「柿」であろうけれど、蒲原有明が「牡蠣の殻なる牡蠣の身の」とうたった閉塞感や、「書き」「描き」「欠き」…といった同音異義語のイメージへと逸脱しないように、ローマ字の詩の読者には集中力が要求される。

あえてここで、こんなところにこだわるのは、鶴見俊輔の詩行には、ローマ字にしようが、全文カナにしようが、語彙をあたうるかぎり平易なものにしようが、どうしようもなく越えがたい、いや、平易であればあるほど乗り越えがたさを痛感させるような、深淵が口をあけているからである。

「Kaki no ki de aru / Koto ni yotte / Basserarete iru」そんな「Kaki」については、書くこと書かないこといずれにせよひとしく無力ではないのか。非力であることをつきつけられる詩なのである。

非力さのなかに到来する自由について、その希望について、彼は書く。

知っている多くの人に
心を分かとう。
千々にくだいて。
それが冷たくとも
なにかのしるしになるのだろう。

人が死んで行くごとに
おれは自分から自由になり
静かに薄れてゆく。

（「自由はゆっくりと来る」）

自由についての詩であり、自由と連帯——千々にくだかれ、分かたれ、熱狂とは遠い、死者をも包み込む、自分自身からの自由としての、静かな連帯についての詩であり——詩人と読者、詩についての詩にもなっている。詩について書かれた詩、詩人についての詩、読者についての詩はいずれもあまたある。だが、ポオやマラルメのように知的に身構える余裕すら読む者に与えることなく、やさしさに気をゆるした読み手に不意打ちのように襲いかかるのが、鶴見俊輔の詩である。文学の死や作家の死ばかりではなく、読者の死も、極北では夢みられているようだ。

本書の編集方針はどうやら、「『昭和萬葉集』を読んで」に引用されているクムラスワミの言葉を借りるなら、「詩人という特別の人がいるのではない、すべての人がそれぞれ特別の詩人である」という直観につらぬかれていて、詩人という特別の人ではない、けれども特別の詩人である鶴見俊輔と、たくさんの詩人たちに、ここで引き合わせられる。黒田三郎、黒田三郎夫人の回想、黒田三郎の愛読者だったというひとりの死んだ娘さんについての素描。中井英夫、秋山清の思い出。どれもこれもそれを受け取る読者をとりこにし、簡単には自由にしてくれない文章だ。いっぽう、専門の詩人、歌人ではないひとびとの詩歌を論じる文章がこんなに興味深いのは、読むことの力、批評の可能性がそこにみなぎっているからだろう。

なかでも忘れられない言葉を、おしまいに、いくつか書き留めたい。

黒瀬勝巳の詩を読みかえしてみると、そのほとんどすべてが、死を指さしているのに気がつく。

これまでになぜ気がつかなかったか。

作品が身がわりの死を死ぬことをとおして、作者は生きつづけるだろうと、期待していたからだ。

（「彼」）


彼に会ったのは敗戦直後だから、直接にその場にいあわせたことではないが、一九四三年秋、学徒出陣にさいして、東大三年生の彼は、おなじく兵士になる友人の送別会で、

「たとえドレイになっても何かを語ろうではないか。

イソップはドレイだった」と述べた。その二行によって彼は詩人である。

（「谷川雁」）

"Your movement cannot help me. But I will add my name to it to help your movement."
（あなたがたの運動は私を助けることはできない。しかし、私は、あなたがたの運動を助けるために、私の名をそれに加えよう。）
（「金芝河」より、投獄に反対する署名をもって訪れた鶴見俊輔一行にこたえた金芝河の言葉）

注1　鶴見俊輔「若き哲学者の占領期雑誌ジャーナリズム活動」「Intelligence」第七号　二〇〇六年七月二九日　p6
注2　「プラグマティズムの投げる光」「文藝春秋」一九四八年一月一日

おぼえがき

鶴見俊輔

うまれたいと思ってうまれたのではない。おそろしいところである。
詩を書くことで、おそろしくなくなるわけではないが、詩を書くことができれば。

こんなふうに詩を見るのでは、見事な詩は書けない。そのとおり、私には、これまで見事な詩を書くことはできなかった。

ともかくも、詩を読むことはつづけた。

日米戦争がはじまり、私は米国から日本に送りかえされた。日本についたときには満二十歳になっており、徴兵検査を受けた。胸部カリエスにやがてなる突起がすでに胸にあったが、そんなことは無視して、合格。ただし第二乙種ということになった。

陸軍より海軍のほうが文明的かと思い、海軍のドイツ語通訳（軍属）となってジャワに送られた。オーストラリアと対峙するそこで、私は、太平洋各地の海軍基地で用いる擬装用植物の種目をあげた小冊子を、植物学者の助けを得て、つくった。これが私の最初の著作であり、詩である。

その擬装用植物小冊子とともに、戦争の勝利も正義も信じない、ただひとりの海軍軍属としてのもがきが私の詩である。

私の言葉は、私のもがきと肩を並べる高さまで達していない。

据えられた場所にいて詩を読み、詩人を見て、八十歳をこえた。

この本はもとは齋藤愼爾氏の設計による。担当は菊谷倫彦氏による。お二人に感謝する。

詩の森文庫

C11

詩と自由
恋と革命

著者
鶴見俊輔

発行者
小田久郎

発行所
株式会社 思潮社
162-0842 東京都新宿区市谷砂土原町3-15
電話 03-3267-8153（営業）・8141（編集）
ファクス 03-3267-8142　振替 00180-4-8121

印刷所
三報社印刷

製本所
川島製本

発行日
2007年1月20日

詩の森文庫

C01
際限のない詩魂
わが出会いの詩人たち
吉本隆明

近代から現代、戦後詩人たちをめぐる本書は、「著者の精神や考え方の原型」が端的に現れている「吉本隆明入門」だ。膨大に書かれた詩人論のエッセンスを抽出。解説＝城戸朱理

C02
汝、尾をふらざるか
詩人とは何か
谷川雁

詩を書くことで精神の奥底に火を点じて行動した詩人革命家が遺した数多い散文の中から、「原点が存在する」ほか主な詩論、詩人論を採録した初の詩論集成。「谷川雁語録」併録。

C03
幻視の詩学
わたしのなかの詩と詩人
埴谷雄高

高度に形而上学的な思想小説『死霊』の作者は詩と抽象と難解の宇宙を終生抱えこんだ詩人でもあった。埴谷詩学を形成する東西の詩人論から現代詩人の論考を収録。解説＝齋藤愼爾

C04
近代詩から現代詩へ
明治、大正、昭和の詩人
鮎川信夫

戦後詩の理論的主導者による、「近代詩から現代詩」を代表する49詩人と54の詩篇の鑑賞の書。「詩に何を求めるか」のまえに「詩とはどういうものだったか」を点検、実証してみせる。

C05
昭和詩史
運命共同体を読む
大岡信

一九三〇年代から敗戦直後までの昭和詩の展開と問題点をより詩史的に位置づけた画期的詩論集。通常の詩史の通念を超えて、より身近に現代詩を体感できる名著。解説＝近藤洋太